CHRONIQUES DE L'ÉCOLE SOUS LES TROPIQUES

Nouvelles

Du même auteur

Insurrection libidinale, Éditions Kemet (poésie), 2022

L'appel du Kilimandjaro, Éditions Kemet, (poésie), 2021.

Les morsures obscures, Éditions Kemet (poésie), 2021

Les ordonnances d'outre-tombe, Éditions Le Lys Bleu (essai), 2020.

La saison des perversions, Éditions Langlois Cécile, (roman), 2019.

Crise et décadence de l'Afrique noire, Les versets nègres, L'Harmattan Congo-Brazzaville, (essai), 2018.

Métempsychose constitutionnelle en République du Congo, La Doxa Éditions, (essai), 2016.

Pour une nouvelle gouvernance du Congo-Brazzaville, L'Harmattan-Congo, (essai), 2015.

Julien **MAKAYA**

NDZOUNDOU

CHRONIQUES DE L'ÉCOLE SOUS LES TROPIQUES

Nouvelles

Préface d'Emmanuelle Nguema Minko

Postface de Pierre Ntsemou

Ce livre est édité par les éditions Kemet. Vous pouvez le commander en envoyant un mail à editionskemet@gmail.com

Vous pouvez aussi l'acheter sur les sites de vente en ligne.

À la mémoire de ma tante, Olga Catherine Mayoko

L'intelligence est la capacité de résoudre des problèmes nouveaux.

Édouard Claparède

La conscience est la lumière de l'intelligence pour distinguer le bien du mal.

Confucius

Avertissement

Les personnages, les lieux, les patronymes et les évènements contenus dans cet ouvrage sont imaginaires. Tout rapprochement avec la réalité n'engage pas l'auteur.

Préface

Relate-moi les réalités de ton système éducatif, je te dirais de quelle partie du monde tu es issu !

Bien que présentés sous le sceau de la fiction, les textes constitutifs de *Chroniques de l'école sous les tropiques,* recueil de nouvelles de Julien Makaya *Ndzoundou* sont révélateurs des réalités du système scolaire « sous les tropiques ».

Oui !

Sous les tropiques, un professeur peut décider de condamner à mort toute une classe dès le premier jour d'école, en annonçant aux apprenants que personne n'aura la moyenne à sa matière, décourageant ainsi l'ardeur des élèves les plus assidus par la mystification des connaissances relatives à certaines disciplines réputées inaccessibles aux non-initiés.

Sous les tropiques, les stratégies de réussite sont multiples en milieu scolaire. Étant entendu que « ventre affamé n'a point d'éthique » et que tout le monde cherche son gain, l'école devient un véritable business center au sein duquel élèves doués, gosses de riches et autorités administratives viennent échanger faveurs et services, moyennant paiement.

Sous les tropiques, les résultats aux examens nationaux obéissent également à la loi de l'offre et de la demande. Entre les parents qui sont prêts à « payer » pour voir leurs enfants réussir à l'examen, les directeurs d'école qui sont prêts à « mouiller le maillot » auprès des organisateurs des examens et concours, des organisateurs qui sont prêts à arroser les agents placés dans des centres d'examens, nous avons là un modèle d'équité parfaite du marché des examens.

Sous les tropiques, le droit de cuissage vaut son pesant d'or. Encore appelé Moyenne Sexuellement Transmissible (MST), Notes Sexuellement Acquises (NSA) ou Notes Parfumées de Sperme (NPS), le chantage du sexe contre les bonnes notes est une pratique très en vogue dans les universités tropicales. Et les victimes ne sont pas toujours celles que l'on croit. En effet, autant les enseignants peuvent harceler sexuellement les étudiantes, autant certaines étudiantes ont le courage de charmer les enseignants afin de les « valider » au sens propre et figuré, à la fin de l'année.

Sous les tropiques, les jeunes enseignants sortis fraîchement des Écoles Normales Supérieures empruntent un parcours du combattant pendant plusieurs années pour être intégrés à la Fonction publique. Et dès lors que leur intégration est actée, ils se rendent très vite compte que, loin des théories scolastiques et des slogans politiques qui vantent l'importance de bien former la jeunesse pour l'essor de la nation, cette jeunesse est en réalité, sacrifiée par les plus hautes instances décisionnelles.

Sous les tropiques, les cadres de la haute administration scolaire et universitaire opèrent par le fétichisme des bureaux et le blindage des corps pour civiliser leurs réseaux mafieux. D'autant plus que « le mouton broute l'herbe là où il est attaché », une fois nommés, ils s'empresseront de faire profiter des avantages de leurs fonctions, aux ressortissants de leurs ethnies, en gratifiant prioritairement leurs proches parents, pour l'octroi des bourses d'études et d'autres privilèges indispensables à la réussite scolaire ou universitaire.

Sous les tropiques enfin, les écoles deviennent de véritables rings de combats où s'affrontent de jour comme de nuit, des gangs adverses pour des problèmes qui relèvent de l'ordinaire. Cette escalade de violences est telle que, les élèves parviennent à terroriser les enseignants et le personnel administratif au point où, dans certains pays francophones d'Afrique, on se voit obligé de placer des policiers à l'entrée des lycées et collèges, pour fouiller les élèves qui seraient tentés d'entrer dans l'enceinte de l'établissement avec des armes blanches.

Entre pédagogie par embuscade, pédagogie de la terreur, diplômes dégradés, notes négociées, moyennes sexuellement transmissibles, fétichismes des bureaux, favoritisme des bourses, violences scolaires, ce tableau sombre est la description parfaite des systèmes éducatifs de plusieurs pays tropicaux d'Afrique. Il rappelle à peu de choses près, les réalités que le sociologue gabonais Gilbert Nguema Endamne décrit dans son ouvrage au titre très évocateur, publié aux éditions l'Harmattan en 2011 : *L'école pour échouer.*

L'école n'étant qu'une microstructure intégrée dans la macrostructure des sociétés tropicales, ce tableau sombre est le reflet de l'échec des dirigeants postcoloniaux à mettre en œuvre des politiques sociales efficaces. Ce qui fait que, plus de six décennies après leurs accessions aux indépendances, les infrastructures scolaires et universitaires restent défaillantes ; structures inadéquates, fonctionnaires non payés et/ou mal payés, entretenant ainsi des comportements d'aigreur et de frustrations. Dans un tel contexte, toutes les parties prenantes (élèves, enseignants, personnel administratif) sont amenées à enfreindre les codes éthiques et déontologiques, pour s'en sortir gagnantes au détriment des citoyens sans « parapluie » et sans « bras longs »[1].

---

[1] Dans le langage populaire, avoir les « bras longs », avoir « le parapluie », c'est s'assurer d'être parenté ou lié à un haut dignitaire de l'État qui saurait te protéger en cas de violation des règles, ou te favoriser l'accès à certains privilèges.

En outre, ce tableau sombre du système éducatif que dépeint Julien Makaya *Ndzoundou* est la traduction pure et simple de ce que Joseph Tonda[2] appelle la dystopie tropicale ou l'afrodystopie. Contrairement à l'utopie qui est un rêve irréalisable, la dystopie serait le cauchemar éveillé et réalisé. Ramenée au vécu des sociétés tropicales africaines, l'afrodystopie traduit toutes les situations de désespoir que les populations expérimentent dans leur quotidien ; *« elle est l'abandon du devenir social, politique et économique à la volonté du temps, donc de Dieu (...). En situation coloniale, cela s'appelait fatalisme des Noirs »*.

Étant lui-même enseignant, l'auteur, Julien Makaya *Ndzoundou* a, à travers ce recueil de nouvelles, eu le courage de mettre un coup de pied dans la fourmilière, en utilisant les mots appropriés pour dénoncer les maux du système éducatif tropical. Et dans ces différents récits, il a pu démontrer comment l'éthique et la déontologie sont sacrifiées sur l'autel de la perversion. J'ai dit perversion. Oui ! Ce livre aurait pu être intitulé *la saison des perversions*[3], au regard de l'inversion des valeurs à l'école.

---

[2] Tonda Joseph, 2021, *Afrodystopie. La vie dans le rêve d'autrui*, Paris, Karthala.
[3] Makaya *Ndzoundou* Julien, 2019, *La saison des perversions*, Paris, Cécile Langlois.

Ainsi, nous invitons les lecteurs de tous les horizons à lire ces *Chroniques* pour découvrir comment élèves, enseignants, administration scolaire et universitaire, allant jusqu'aux instances décisionnelles, participent à normaliser la déviance au sein du système éducatif tropical, de par la recherche de l'argent facile, la volonté de réussir sans effort, le plaisir libidinal, les stratégies clientélistes. Ce qui, de fait, contribue à sacrifier une jeunesse qui, dans les discours politiques, est censée être sacrée, pour le devenir de toute société.

Dr Emmanuelle Nguema Minko
*Sociologue et Anthropologue,
Enseignante à l'École Normale Supérieure de
Libreville (Gabon).*

I

La pédagogie égorgée

En pleine guerre froide, la République populaire de l'Équateur est parmi les pays d'Afrique tropicale qui ont choisi de s'affilier au bloc communiste, à la suite du coup d'État militaire qui a installé au pouvoir un jeune officier enivré par l'idéologie marxiste-léniniste. En République populaire de l'Équateur, tous les édifices publics ou presque portent les noms des idéologues et des héros du communisme, à l'instar de Karl Marx, Vladimir Illich Lénine, Joseph Staline, Che Guevara, Mao Zedong, Agostino Neto, Amilcar Cabral…

Nous sommes le lundi 1er octobre, jour de rentrée scolaire au lycée Vladimir Tcherkov.

Il est 7h00, le surveillant général est devant l'entrée principale de l'établissement. Il crie à tue-tête sur les élèves retardataires qui risqueraient d'être punis, pour avoir manqué de participer à la cérémonie de « levée des couleurs ». Entendu par-là, la montée du drapeau rouge de la République populaire de l'Équateur.

– *Courez ! Courez !* criait-il, les cordes vocales déployées au maximum. *La cérémonie de levée des couleurs va commencer.*

Depuis l'arrivée au pouvoir du gouvernement militaire d'obédience socialiste, la cérémonie de levée des couleurs était sacrée. Elle se déroulait tous les matins dans les établissements scolaires et universitaires ainsi que dans les casernes militaires et les administrations publiques. Perturber cette cérémonie était passible de peine de mort pour les adultes, et d'exclusion scolaire pour les élèves.

Ce matin, tous les élèves du lycée Vladimir Tcherkov étaient habillés en uniforme de *pionnier de la révolution*. Autour du mât, les élèves étaient disposés en U en face des représentants de l'administration scolaire et de ceux de l'Union de la jeunesse socialiste équatorienne (UJSE). L'UJSE était représentée dans tous les établissements scolaires et universitaires, de l'école maternelle à l'université. Elle avait pour mission de s'assurer que l'idéologie du Parti révolutionnaire, parti unique, créé par le guide de la révolution, l'officier-président, était bien enseignée, au même titre que les mathématiques et les autres disciplines scientifiques et littéraires. Tout le monde était d'office membre du parti unique, même les ancêtres, les embryons et les fœtus à naître.

À la fin de la cérémonie de « levée des couleurs » au lycée Vladimir Tcherkov, ce 1er octobre, les slogans anti-impérialistes et anticolonialistes furent scandés avec frénésie. Par la suite, le Proviseur prit la parole pour donner des consignes aux élèves. Après l'homélie du Proviseur, les élèves étaient obligés de se rendre dans leurs classes au pas de soldat et à la file indienne, discipline communiste oblige !

Juliano était l'un des élèves de ce lycée, admis en classe de Première scientifique, encore appelée Première C. En seconde, il était très brillant, l'un des meilleurs du lycée Vladimir Tcherkov. Il était premier de sa classe et deuxième de l'établissement. Juliano avait la particularité d'avoir de meilleures notes aussi bien dans les matières littéraires que scientifiques. Il avait été décoré par le Commissaire politique, jouant le rôle de préfet de la région de Bibaka.

Dans ce pays, l'école était le creuset des futurs cadres du parti révolutionnaire. Les élèves étaient traités de façon égalitaire, peu importe leurs origines sociales et ethniques. Les enfants des paysans étaient admis à l'internat pour leur permettre de bénéficier des conditions adéquates d'apprentissage, afin d'optimiser leur capacité de réussite scolaire.

Juliano entra dans la salle de classe et s'assit sur le premier banc, pour mieux suivre les enseignements des professeurs. Il fut rejoint par Duval son condisciple de l'année dernière en classe de seconde.

– Bonjour, Duval, comment vas-tu ?

– Bonjour champion[4], je vais bien. Mais cette année, la concurrence sera rude, je vais essayer d'être meilleur que toi, Juliano.

– Très bien ! On verra…répondit Juliano.

Cette discussion fut interrompue par l'entrée en classe du professeur des sciences physiques, Monsieur Makita. Les élèves se mirent debout conformément au règlement des établissements scolaires de la République populaire de l'Équateur. Dans ce pays d'obédience communiste, les élèves doivent apprendre la discipline, le civisme, l'idéologie marxiste et l'obéissance aux ordres du parti dès l'école maternelle.

– Bonjour à tous ! dit le professeur de sciences physiques.

– Bonjour Monsieur ! répondirent les élèves en chœur.

– Qu'est-ce qui se passe ? Je suis bien en Première C ?

– Oui Monsieur ! répondirent les élèves.

– Mais ce n'est pas vrai ! Vous êtes trop nombreux en série C. Vous devez changer d'orientation dès demain. La série C où l'on apprend les mathématiques et les sciences physiques est réservée aux meilleurs. Les élèves moyens doivent être orientés en série D où l'on apprend la biologie.

---

[4] Pseudonyme donné aux meilleurs élèves.

Les élèves ne comprenaient pas l'attitude et les propos étonnants du professeur, qui du reste, venait à peine d'être affecté dans cet établissement scolaire, qui de toute évidence, était parmi les meilleurs du pays, au regard des résultats du Baccalauréat des 10 dernières années.

Pour inciter les élèves à exécuter sa recommandation, Monsieur Makita se mit à interroger les élèves sur les enseignements qu'il n'avait pas encore dispensés. À chaque interrogation orale, l'élève ciblé, tétanisé par la peur de la mauvaise note attribuée, ne savait pas quelle réponse donner. Avant même que l'élève n'eût le temps de structurer sa pensée et d'articuler sa réponse, Monsieur Makita criait :

– Tu as zéro ! Le suivant !

Ce jour de rentrée scolaire, jour de calvaire pour les élèves de la classe de Juliano, près de la moitié de la classe avait obtenu l'humiliante note : zéro. En effet, le professeur de sciences physiques avait pris une heure pour distribuer les zéros aux élèves, avant de se présenter et de communiquer le programme des enseignements aux élèves. Après deux éprouvantes heures passées avec Monsieur Makita, les élèves ne comprenaient pas ce qui leur arrivait. C'était un vrai cauchemar. Dans l'espoir de voir le professeur de sciences physiques changer d'approche pédagogique et d'humeur au prochain cours, aucun élève ne prit l'initiative d'aller changer de série, comme le recommandait Monsieur Makita.

La semaine suivante, Monsieur Makita constatant que les élèves n'avaient pas changé d'orientation scolaire, reprit avec l'interrogation orale. Cette fois-ci, il avait réussi à distribuer la note zéro sur 20 à l'ensemble de la classe en une heure. Il réitéra sa recommandation à l'endroit des élèves qui devraient changer d'orientation. Après la distribution des zéros, il débuta avec l'enseignement du premier chapitre au programme. Il dicta le cours sans explication et proposa un exercice d'application qu'il corrigea tout seul, sans solliciter les élèves.

Face à l'étonnante attitude de ce professeur, Juliano leva la main pour demander la parole.

— Oui jeune homme ! Quelle est votre préoccupation ?

— Monsieur s'il vous plaît, j'ai une question. Indiqua Juliano.

— Laquelle ?

— Je n'ai rien compris des notions et des théories que vous venez de développer. En seconde, le professeur de sciences physiques prenait le temps d'expliquer les notions et se rassurait que nous avions compris. Il prenait plusieurs exemples pour illustrer ce qu'il venait de théoriser. Ce qui n'est pas le cas avec vous.

Monsieur Makita interrompit Juliano et se lança dans une diatribe. Ces propos étaient tellement logorrhéiques que sa bave tombait sur les élèves.

– Sortez de la classe, impoli ! C'est vous qui allez m'apprendre mon travail ! Ton prof[5] de seconde n'est pas meilleur que moi. Sortez !

Juliano sortit de la classe. Les autres élèves étaient tétanisés, effrayés et anxieux. Personne n'osait poser une seule question de compréhension au professeur de sciences physiques. À l'évidence, aucun élève ne comprenait l'enseignement de Monsieur Makita, mais personne n'osait se plaindre.

Face à leur anxiété et dans le souci d'annuler les mauvaises notes accumulées en sciences physiques, plus de la moitié des élèves de la classe de Juliano changea d'orientation, au début de la troisième semaine de cours. Ceux qui décidèrent de rester subirent le martyre. Après l'entrée en classe de Monsieur Makita, il y avait un silence de cimetière dans la classe. On pouvait entendre une mouche voler, ou encore, la respiration dyspnéique des élèves. Lors de l'interrogation orale routinière, aucun élève ne fixait le professeur dans les yeux, de peur d'être interrogé. Certains retenaient leur respiration, pour éviter d'attirer l'attention de Monsieur Makita. Les élèves étaient tellement inhibés qu'ils ne comprenaient absolument rien des enseignements dispensés par Monsieur Makita. La sonnerie qui annonçait la fin du cours était vécue par les élèves comme une délivrance.

---

[5] Professeur.

Tous les mercredis de 10 heures à 13 heures, Monsieur Makita avait 3 heures de cours dans la classe de Juliano. 15 minutes avant la fin du cours, il donnait un exercice d'application, hors de portée du niveau des élèves. D'ailleurs, la relation enseignant-enseigné était tellement exécrable qu'aucun élève n'était motivé à présenter son travail au professeur. Monsieur Makita, dans le souci d'humilier ses élèves, disait à ceux de la classe de Seconde qui attendaient la sortie des élèves de la Première C, pour occuper la même salle dans l'après-midi, que leurs aînés étaient médiocres, incapables de trouver la solution à un petit exercice d'application.

Pour éviter cette humiliation, les élèves qui avaient des liens multiformes avec ceux de la Seconde pratiquaient l'école buissonnière les mercredis. Ils préféraient être punis que d'être humiliés devant les jeunes élèves de la classe de Seconde. Ayant compris qu'il ne pouvait pas obtenir de bonnes notes en sciences physiques, fut-elle l'une des matières principales, les élèves se consacrèrent à l'étude des mathématiques dispensées par un professeur russe. Le problème était moins grave pour Juliano qui était bon élève dans toutes les matières. Les mauvaises notes en sciences physiques étaient compensées par de très bonnes notes en mathématiques, en français, en philosophie, en histoire-géographie… Malgré les plaintes des élèves auprès du Proviseur et du Premier secrétaire de l'UJSE, Monsieur Makita n'avait jamais été inquiété. Ce qui avait démotivé les élèves de cette classe. Nonobstant le passage en terminale de Juliano, il eut d'énormes difficultés dans cette discipline fondamentale pour obtenir le baccalauréat scientifique.

II

Sens interdit

Tierno est un élève brillant issu d'une famille modeste. Son père est chauffeur et sa mère femme au foyer. Il est l'aîné d'une fratrie de 8 enfants. Comment pouvait-il en être autrement dans ce pays où les enfants sont considérés comme une richesse, une assurance-vie ou encore un investissement pour une retraite dorée. Son père est employé dans une petite entreprise qui assure le ramassage des ordures ménagères en partenariat avec la Mairie de la ville de Bingou.

Tierno entretient des rapports cordiaux, voire amicaux avec Demba, le fils du Maire de la ville. Tierno et Demba se sont rencontrés au collège. Ils n'avaient rien en commun, car issus de deux milieux sociaux différents. Tierno habitait dans un taudis de la banlieue de la ville de Bingou. Dans ce quartier rempli d'immondices, de caniveaux bouchés, de petits bistrots et de délinquants impliqués dans différents trafics de substances psychotropes, il n'y avait ni électricité, ni eau potable, ni dispensaire. Toutes les conditions étaient réunies pour favoriser la déperdition des élèves. Les plus grands incitaient les plus jeunes à abandonner l'école pour se livrer aux petits boulots, afin de gagner facilement de l'argent, pour subvenir à leurs propres besoins. Mais, Tierno avait vite compris que l'école était le seul ascenseur social, pour sortir de la misère et gagner dignement sa vie. Par contre, Demba habitait dans une luxueuse villa mise à la disposition de son père, le Maire de Bingou, par les pouvoirs publics. Au départ, Demba regardait Tierno avec dédain parce qu'il portait des habits crasseux et excentriques, dégageant des odeurs puantes. Ses cheveux étaient mal entretenus et ses chaussures rafistolées. C'était le prototype de l'élève chanté par le musicien congolais Fernand Mabala, dans sa célèbre chanson, *"Ainsi va la vie"*, dans les années 90.

Après quelques semaines de cours, l'élève du bidonville se distinguait par la finesse de son intelligence et la pertinence de ses réflexions. Il était vite qualifié de surdoué par les différents professeurs. À l'issue des premières évaluations, Tierno avait obtenu les meilleures notes de la classe. Demba de toute évidence était un élève paresseux. Il passait l'essentiel de son temps à manger, à jouer à Nintendo et à draguer les filles. Il avait compris qu'il était de son intérêt de s'allier avec Tierno, pour obtenir de bonnes notes, afin d'éviter les réprimandes de son père, face à ses mauvais résultats scolaires. Il se rapprocha, dès la classe de 6ᵉ (première année du collège) de Tierno, pour établir une synapse amicale presque forcée. Il avait commencé par inviter Tierno à la cantine du collège, pendant la récréation, pour le gaver de nourriture. Il l'invitait aussi à la résidence du Maire et lui offrait des habits et des chaussures qu'il avait déjà déclassés et qui encombraient inutilement son garde linge. Tierno était content de fréquenter le fils du Maire et de bénéficier des privilèges de cette amitié. Il avait vite compris qu'en retour, il devrait s'asseoir dorénavant sur le même banc que Demba, pour lui permettre de récupérer ses copies de brouillons, lors des devoirs de classe et pendant les compositions. Ce deal avait fonctionné de la classe de 6e jusqu'en classe de 3e. Demba ne jurait que sur l'intelligence de Tierno, qu'il avait présenté à sa mère, à ses frères et à ses sœurs, comme étant son meilleur ami. Les deux jeunes étaient devenus complices. Les clivages de classes sociales avaient presque disparu. Tierno avait dorénavant un accès direct à la résidence du Maire, même en l'absence de Demba. Les parents de Demba étaient satisfaits des résultats scolaires de leur fils, sans se douter que ceux-ci étaient frauduleux.

À quelques jours du début des épreuves du BEPC[6], Demba était coincé, car il n'était pas placé dans la même salle que Tierno. Il était très préoccupé par cette situation. Il avait placé son espoir sur le travail de Tierno. Sans lui, il n'avait aucune chance de réussir à l'examen. Il n'avait d'autre choix que de se rapprocher du directeur des

---

[6] Brevet d'études du premier cycle.

études de son collège avec une forte somme d'argent, pour que ce dernier puisse corrompre le jury principal, afin qu'il soit placé dans la même salle avec son compagnon Tierno. Demba était certainement paresseux, mais très courageux. Il décida de rencontrer le directeur des études dans son bureau.

— Bonjour, Demba, que désirez-vous ? dit le directeur des études.

— J'ai un souci, monsieur. Répondit-il.

— Lequel ?

— Monsieur…je…je ne sais pas comment vous le dire. Heu ! Heu !

— Parlez ! Je vous écoute.

— Monsieur ! Je sollicite votre aide. Je suis dans la salle 10, tandis que mon ami Tierno est dans la salle 15. Je vous prie de tout faire pour nous mettre dans la même salle. Je n'arrive pas à travailler en son absence. Je suis inhibé s'il n'est pas à mes côtés.

— Mais, ce n'est pas possible ! Tierno ne détient pas ton cerveau. Pourquoi devriez-vous être dans la même salle ? Dis-moi la vérité.

— Euh ! Monsieur, il est plus intelligent que moi. Je souhaite être à ses côtés pour profiter de ses brouillons, afin de ne pas échouer à l'examen. En cas d'échec, mon père me priverait de certains privilèges.

Demba sortit de sa poche une liasse de billets de banque qu'il déposa sur le bureau du directeur des études.

– Voilà ! Monsieur le directeur des études. C'est pour votre commission. Débrouillez-vous à régler cette situation et je reviendrai vous voir avec une enveloppe garnie d'argent frais.

Le directeur des études qui cumulait cinq mois d'arriérés de salaires fixa longuement les billets de banque avant de lever sa tête vers Demba qui restait debout et immobile devant lui.

– Où avez-vous eu cet argent ? lança le directeur des études.

– C'est mon argent de poche que mon père me donne chaque matin.

En effet, Demba n'avait pas de soucis d'argent. Son père, le Maire de la ville de Bingou est aussi le représentant du parti au pouvoir dans ladite localité. Il est impliqué dans les trafics d'influence, les rackets de petits commerçants et la corruption dans la passation des marchés publics de la ville. C'est d'ailleurs à cause de sa mauvaise gestion que l'entreprise dans laquelle travaille le père de Tierno a du mal à gagner des marchés publics.

Le directeur des études était en dissonance cognitive. Coincé entre le code de déontologie et la volonté de gagner de l'argent facile, pour résoudre ses problèmes sociaux. Il reprit la parole et s'adressa à Demba.

– Qui est au courant de notre entrevue ?

– Personne monsieur ! Je suis venu seul et je n'en ai parlé à personne.

– Bon ! Je vais voir ce que je peux faire. Je ne te promets rien, avant de rencontrer le responsable du Jury. Mais tu dois déjà ramener l'enveloppe pour me permettre d'acheter le silence du jury.

La secrétaire du directeur des études frappa à la porte. Dans un mouvement réflexe, le directeur des études s'empressa de placer le calendrier sur les billets de banque étalés sur la table de son bureau. Après le départ de la secrétaire, il empocha les billets de banque à la vitesse de l'éclair et demanda des précisions sur les numéros matricules de Tierno et de Demba afin d'agir.

Le directeur des études avait réussi à modifier les listes de la salle 15. Tierno et Demba étaient de nouveau assis sur le même banc, le jour du BEPC. Ce qui permit à Demba de s'admettre à l'examen et d'entrer sans gêne au lycée de la ville de Bingou. Le directeur des études a sacrifié sa dignité et l'avenir du pays sur l'autel du ventre, en participant activement à la fabrication des diplômés de pacotille. Les retards des salaires et les salaires de misère participent à la déliquescence du système éducatif à Bingou. Ventre affamé n'a point d'éthique, ni de morale.

Tierno quant à lui avait pris conscience de son talent. Il s'employait à l'échanger contre des avantages sociaux. Ainsi, certains élèves de sa classe qui n'avaient pas compris la leçon de mathématiques se rapprochaient de lui pour obtenir des explications détaillées. Tierno exigeait à chacun une contribution financière en échange de ses enseignements. Il suscitait de l'admiration auprès de jeunes filles de l'établissement qui étaient amoureuses de lui, flattées par son quotient intellectuel débordant.

Au lycée, Tierno était admis à l'internat où il avait accès aux conditions idéales de travail. En effet, à Bingou, les élèves brillants issus des familles modestes étaient admis à l'internat où ils avaient accès au logement décent, à la nourriture, à l'eau potable, à l'électricité, à la bibliothèque et aux autres commodités utiles pour la réussite scolaire. Parmi les filles qui étaient amoureuses de Tierno, il y avait Anna, la sœur cadette de son ami Demba. Ce dernier a été mis au courant de la liaison qu'Anna, sa sœur cadette, entretenait avec Tierno. Il était très en colère. Il n'acceptait pas que sa sœur soit amoureuse d'un garçon qui n'était pas de sa condition sociale, fut-il brillant à l'école. Il décida d'en découdre avec sa sœur, sans en parler à Tierno, qu'il ne voulait pas froisser pour des raisons évidentes.

– Bonjour Anna ! lança Demba.

– Bonjour grand-frère ! répondit-elle.

– J'ai appris que tu entretiens une liaison amoureuse avec mon ami Tierno. Est-ce vrai ?

– En quoi cela te concerne-t-il ? C'est ma vie privée. Tu es devenu mon surveillant général ou un enquêteur de la police politique du parti ?

– Non ! Je veux juste savoir. Dis-moi la vérité.

– Tu veux vraiment savoir ?

– Oui !

– Eh bien je sors avec lui depuis 10 mois.

– Ah non ! Tu dois arrêter cette relation. Ce garçon n'est pas de notre condition. Il est fils de pauvre. Ses parents n'ont aucune éducation. Il habite dans un quartier d'indigènes, de sauvages. Tu déshonores la famille ! Je vais le dire à papa, si tu n'arrêtes pas immédiatement de le fréquenter.

– Mais tu es étonnant ! Tu es ami avec lui depuis plusieurs années. Je sais que tu ne vaux rien à l'école, sans son aide. Pour tes intérêts, c'est un bon ami. Quand il s'agit de ta sœur, il devient sauvage. C'est toi le sauvage. Tu peux le dire à papa. Moi aussi, je dirai que tu ne vaux rien à l'école. Tu triches tout le temps pour obtenir de bons résultats scolaires. Je t'apprends que la classe sociale ne fait pas l'homme. Tierno est un garçon bien éduqué. Il réussira dans ses études et aura une bonne situation professionnelle, contrairement à toi qui avances sans connaissances.

– Ta gueule ! Je t'interdis de me parler sur ce ton…

Demba alla dans sa chambre. Après réflexion, il avait compris que sa sœur avait raison.

Dans le souci de préserver son secret et ses intérêts, il décida de laisser tomber cette affaire. Tierno avait obtenu à la fois les faveurs de Demba et en prime, pour son intelligence, l'amour d'Anna. L'intelligence peut être à l'origine du prestige social, même si l'on est issu d'une famille modeste.

III

Le business de la honte

Monsieur Zoba-Libosso est le directeur du lycée René Descartes, une école privée de la ville de Mayombé, capitale de la République de Zankongo. Monsieur Zoba-Libosso est à la tête de cet établissement scolaire depuis près de 15 ans. Depuis lors, le lycée René Descartes avait toujours obtenu de bons résultats aux examens d'État. Avant son ère, cet établissement scolaire obtenait toujours des résultats médiocres aux examens d'État. Plusieurs parents d'élèves avaient décidé de retirer leurs enfants de cette école, parce que les enseignants étaient peu compétents, l'administration peu rigoureuse dans le suivi des élèves qui, de toute évidence, n'échouaient jamais. En effet, les élèves ayant obtenu de mauvaises notes pouvaient corrompre le directeur des études qui faisait de la falsification des notes, son sport de prédilection.

Face à la baisse exponentielle des effectifs des élèves, le promoteur du lycée René Descartes avait limogé l'ancien directeur pour le remplacer par monsieur Zoba-Libosso, un ancien proviseur du très réputé lycée Lumumba désormais à la retraite.

Le nouveau directeur avait compris qu'il fallait mettre en place une stratégie pour améliorer les résultats de son établissement scolaire, aux différents examens d'État. C'était la condition sine qua non, pour séduire les parents d'élèves qui s'inquiétaient légitimement des mauvais résultats accumulés par cette école.

Dans les établissements scolaires privés de la République de Zankongo, les scores aux examens d'État sont une stratégie de marketing par excellence. En effet, les bons résultats aux examens constituent une preuve de la qualité de la formation pédagogique. À la fin de chaque année scolaire, toutes les écoles exhibent les résultats obtenus aux examens d'État sur le *fronton* de l'école, afin d'inciter les parents à inscrire leurs enfants. Notons qu'il y a un rapport indiscutable entre le nombre d'élèves inscrits et le chiffre d'affaires annuel de *l'entreprise*.

Les performances du Lycée René Descartes aux examens d'État occupaient donc une place fondamentale dans le *business plan* concocté par monsieur Zoba-Libosso.

S'appuyant sur la corruption des agents du ministère de l'Éducation nationale qui sont, de toute évidence, mal payés, il soudoyait les inspecteurs qui venaient évaluer les enseignants de son établissement scolaire. Mais pourquoi corrompre les inspecteurs ?

Le Lycée René Descartes ne recrutait pas les enseignants de formation. Ceux-ci étaient exigeants sur le respect et l'application stricte de la grille des salaires fixée par le ministère de l'Éducation nationale. Mieux encore, ils étaient inflexibles sur la disponibilité du matériel didactique. Le promoteur de cet établissement ne voulait pas dépenser, pour améliorer les conditions de vie et de travail de ses employés. Il voulait, année après année, augmenter les marges de son bénéfice. Ce qui était paradoxal avec son engagement au parti politique au pouvoir d'obédience marxiste-léniniste, qui combattait le capitalisme à coup de slogans et de propagande.

Après sa nomination au poste de directeur du Lycée René Descartes, monsieur Zoba-Libosso avait pris rendez-vous avec l'inspecteur général de l'enseignement secondaire qui était son adjoint quand il fut proviseur du lycée Lumumba. Ce dernier lui avait expliqué qu'il y avait un réseau organisé de trafic des sujets et des notes aux examens d'État. Il suffisait de collecter des fonds auprès des parents d'élèves et de faire des enveloppes à mettre à la disposition des membres des différents jurys qui devraient prendre les choses en main.

Sur la base de ces informations, monsieur Zoba-Libosso décida d'aller rencontrer monsieur Mvoungouti, le directeur des examens et concours. Ce dernier fut son collègue de promotion à l'École Normale Supérieure de la ville de Mayombé.

Il arriva un lundi matin à la direction des examens et concours pour y rencontrer le directeur.

– Bonjour cher ami ! dit-il.

– Bonjour monsieur Zoba-Libosso et cher ami. Comment allez-vous depuis votre admission à la retraite ?

– Heuh ! Je ne pouvais pas rester assis à la maison pour attendre une pension de retraite qui est plus rare qu'une pluie dans le Sahara. J'ai repris du service dans un établissement scolaire privé. Je suis l'actuel directeur du Lycée René Descartes. J'ai reçu de son promoteur, la mission de revitaliser et de viabiliser cette école. Et au-delà de l'encadrement pédagogique, il me faut produire de bons résultats aux examens d'État.

– Mais c'est une bonne nouvelle mon cher ami. Je serai, moi aussi, retraité l'année prochaine. Cela me stresse d'autant plus que je n'ai pas encore achevé la construction de ma maison. Actuellement, je compte sur les frais de missions et les avantages que confère ce poste, pour achever la construction de ma maison et engranger des économies pour vivre décemment pendant les premières années de la retraite, en attendant le traitement de mon dossier de pension qui, j'en suis convaincu, n'aboutira pas avant 5 ans.

– Mais, mon cher ! De quels avantages parles-tu ? Le directeur des examens et concours n'a que son indemnité de fonction. N'est-ce pas ?

– Monsieur Zoba-Libosso, cette indemnité est dérisoire ! Que puis-je faire avec ? Je ne parle pas de cette indemnité.

– Mais de quels avantages alors ?

– Tu sais ! Il y a un dicton populaire qui dit que « Taba a liyaka na molayi ya singa na yé »[7]. Le gouvernement m'a attaché ici avant mon admission à la retraite, alors je vais essayer de me rattraper ici. Je suis resté enseignant actif durant 25 ans. Je ne vivais que de mon salaire. Pendant ce temps, tous les cadres du ministère qui se succédaient dans les différents postes de responsabilité ont dilapidé les deniers destinés au bon fonctionnement du ministère. Ils ont mis en place des pratiques qui ont fortement contribué à baisser le niveau des élèves et la qualité de l'enseignement. J'ai essayé de combattre, sans succès, ces pratiques abjectes en tant que syndicaliste. Aujourd'hui, je suis résigné. Moi aussi, je suis devenu champion de la mafia dans le système éducatif. Nous organisons des fuites des sujets d'examens, moyennant des sommes importantes versées par les responsables des établissements scolaires les plus huppés de Mayombé. Les membres des différents jurys d'examen reçoivent des consignes. Celles de ramener chacun un montant minimum à mettre à notre disposition. Sur le terrain, ils prennent de l'argent auprès des candidats afin de les laisser tricher librement, en complicité avec les agents de la force publique. Enfin, nous organisons le trafic de faux diplômes. C'est ce qui nous permet

---

[7] Le mouton ne broute l'herbe que dans l'espace où il est attaché.

d'améliorer notre niveau de vie. Car le salaire du fonctionnaire de Zankongo est tellement bas qu'il ne permet pas de joindre les deux bouts du mois. Si les hautes autorités publiques veulent lutter contre ces pratiques immorales et illégales dans l'administration, ils doivent commencer par améliorer les revenus des fonctionnaires.

— Ah bon ! Si je savais ça, j'aurais appliqué cette pratique quand j'étais proviseur au Lycée Lumumba. Dommage !

— Mais il n'est pas trop tard mon cher Zoba-Libosso. Tu es le directeur du lycée René Descartes, n'est-ce pas ?

— Bien sûr !

— Alors, mon cher ami, tu t'arranges à convaincre les parents d'élèves de donner une contribution financière spéciale, pour préparer les enfants au Baccalauréat, au Brevet d'études secondaires et au Certificat de fin d'études primaires. Avec ce pactole, tu auras une marge de manœuvre pour prendre ta part, d'apporter la mienne et de garder celle qui te permettra d'acheter le silence du jury qui laissera tes élèves tricher. Avec ce système, tu verras que ton établissement sera parmi les meilleurs et l'année scolaire suivante, tu auras plus d'élèves inscrits. Le promoteur du lycée René Descartes sera satisfait de tes résultats et tu resteras en poste ad vitam aeternam.

– Et pour l'avenir du pays ? lança monsieur Zoba-Libosso.

– Eh ben ! Ça devrait préoccuper, prioritairement, ceux qui détournent le budget du ministère de l'Éducation nationale, sans être inquiétés. Mon frère ! Réglons d'abord notre situation sociale. Ne dit-on pas que *ventre affamé n'a point d'éthique ?*

– Nous devrons être conscients du drame qui nous attend. J'ai un neveu qui a terminé ses études de Droit, mais qui ignore les règles élémentaires de conjugaison et de grammaire. C'est ce que j'appelle des diplômés avariés. Malheureusement, ce sont eux qui vont nous succéder. C'est dramatique…

– Mon cher ami…je m'en fous ! Il n'y a pas de prise de conscience collective. Le pays est devenu un éléphant abattu par un chasseur qui ne protège pas son gibier. Chaque vautour est libre de se servir à sa guise. Laissons la morale aux religieux…Assurons notre retraite par cette pratique qui pour nous est *une session de rattrapage,* pour utiliser notre propre jargon.

Après cette entrevue, monsieur Zoba-Libosso avait mis en place un dispositif dans son établissement scolaire. Curieusement, la plupart des parents d'élèves acceptaient de cotiser les fonds destinés à corrompre les membres des jurys des examens. Ceci pour garantir la réussite, sans mérite, de leurs enfants aux examens d'État.

Le mal était donc très profond. Il ne s'agissait pas simplement de s'attaquer aux cadres véreux de l'Éducation nationale, mais de soigner l'ensemble de la société déliquescente. En effet, quand un parent paye de l'argent pour faciliter la réussite scolaire de son enfant dont le niveau scolaire est moribond, c'est que cette société est en crise de valeurs. L'école favorise l'accès à la connaissance, au savoir, au savoir-faire et au savoir-être. Tricher dans ce domaine, c'est égorger la société à venir et compromettre le développement du pays.

Année scolaire après année scolaire, monsieur Zoba-Libosso avait de très bons résultats scolaires aux différents examens d'État, participant ainsi à remplir le pays de diplômés de pacotille, incapables de défendre leurs parchemins. Ce qui comptait à ses yeux, c'était l'amélioration de ses conditions de vie, au détriment de l'avenir de son pays.

IV

La vengeance de l'étudiante

Située à cheval sur l'équateur, la République Démocratique de Bongolo est un pays riche, exportateur de précieux minerais et de bois. Elle est considérée comme l'un des pays les plus riches du continent. Malheureusement, le taux de scolarisation est faible et son système éducatif gangrené par des pratiques abjectes.

À l'université publique de Rwizaville, la capitale de ce pays, les étudiantes subissent un véritable supplice pour obtenir leurs parchemins. Elles sont victimes de harcèlement sexuel de la part des enseignants. Ceux-ci considèrent qu'ils ont le *droit de cuissage* sur les étudiantes. C'est ce qu'ils appellent le *bonus* ou encore le *treizième mois*. À l'université de Rwizaville, les filles ont apprivoisé la devise sordide : « *Seule la cuisse libère les notes* ». Le professeur Tonga-Mabé y enseigne la philosophie, précisément à la faculté des lettres et des sciences humaines. Il est l'un des timoniers de l'opération Kilimandjaro au sein de ladite faculté.

L'opération Kilimandjaro consiste à coucher avec la plupart des belles filles de chaque promotion, en échange de notes ou de sujets d'examens. Les étudiants de Rwizaville qualifient ironiquement cette pratique de *notes sexuellement acquises* (N.S.A.), ou de *notes parfumées de sperme* (NPS*)*.

Au début de chaque année académique, le professeur Tonga-Mabé établit la liste des étudiantes à baptiser dans son *Jourdain sexuel*. L'opération Kilimandjaro était connue depuis plusieurs années du Doyen de la faculté et du recteur de l'université. Mais, personne n'osait régler ce problème, parce que tout le monde était de près ou de loin adepte de cette *religion*.

En République démocratique de Bongolo, les hommes très âgés avaient une appétence sexuelle pour les jeunes filles. La fraîcheur de leurs corps redonnait une seconde jeunesse à ces vieux avachis, dont la libido était congelée par la sénescence.

Au début de l'année académique, le professeur Tonga-Mabé demandait à tous les étudiants de remplir un formulaire de renseignements. Ce qui lui permettait d'obtenir les coordonnées téléphoniques de toutes les étudiantes. Dans sa stratégie de colonisation sexuelle, il commençait par donner de mauvaises notes à toutes les filles qu'il avait préalablement ciblées pour l'opération Kilimandjaro. Ensuite, il invitait chacune d'elles à accepter une conjonction sexuelle, en échange de bonnes notes en philosophie, la discipline dont il est le champion à la faculté des lettres et des sciences humaines. Plusieurs filles acceptaient sans hésitation. La fin justifie les moyens, dit-on ! Certaines résistaient aux avances sexuelles du professeur Tonga-Mabé. Mais, elles finissaient par accepter après avoir subi des échecs successifs. Une autre frange d'étudiantes s'y opposait catégoriquement. Elles se plaignaient sans succès auprès des autorités académiques et de la police et finissaient par quitter l'université sans diplômes. C'est le cas d'Alice Okongo, étudiante en première année de philosophie.

Fille de pasteur d'une église évangélique de Rwizaville, Alice Okongo était inscrite en première année de philosophie, à la faculté des lettres et des sciences humaines où sévit le professeur Tonga-Mabé. Très pieuse, elle mène une vie correcte et n'a jamais cédé aux avances de ses différents enseignants du lycée. Alice Okongo se trouve malheureusement sur la liste du professeur Tonga-Mabé, pour l'opération Kilimandjaro. Comment pouvait-il en être autrement ? Alice Okongo est très jolie. Elle a un visage de poupée, une poitrine envoûtante, un postérieur rembourré, des hanches incurvées, des lèvres pulpeuses et des jambes potelées. C'est le prototype des filles qui rendent fou le professeur de philosophie. Le nom d'Alice Okongo était en quatrième position sur l'ordre de passage à l'opération Kilimandjaro.

Le professeur Tonga-Mabé n'eut aucune difficulté pour dompter les trois premières étudiantes inscrites sur la funeste liste. À la première évaluation des connaissances, le professeur Tonga-Mabé infligea une très mauvaise note à la fille du pasteur. Malheureusement pour le professeur, l'oncle d'Alice était lui aussi enseignant de philosophie. Alice avait pris l'initiative de confier sa copie à son oncle pour appréciation. Celui-ci fut étonné de la dissonance qui existait entre le contenu de la copie et la note attribuée par le correcteur. Il rendit compte à sa nièce et lui conseilla de se rapprocher de son professeur pour contester la note attribuée. À la fin du cours d'histoire de la philosophie, Alice Okongo se rapprocha du professeur Tonga-Mabé. Enthousiaste, celui-ci lui suggéra de le rejoindre à la cafétéria de la faculté. N'ayant pas de choix, l'étudiante avait suivi son professeur à la cafétéria.

— Mademoiselle Okongo, asseyez-vous ! Que puis-je faire pour vous ? lança le professeur pervers.

— Monsieur, je conteste la note qui m'a été attribuée au devoir. J'estime que le contenu de mon développement est assez solide.

— Ah bon ! Vous connaissez la *philo* mieux que moi ?

— Non monsieur ! J'ai comparé ma copie avec celle de l'étudiant qui a eu la meilleure note. L'argumentation est similaire et nous avons eu recours aux mêmes références bibliographiques ou presque. J'ai confié ma copie à mon oncle qui enseigne la philosophie au lycée Che Guevara, il m'a dit clairement que cette copie ne méritait pas cette mauvaise note.

– Mademoiselle ! Je ne vous permets pas de me parler sur ce ton. Votre copie est nulle et votre note méritée. Si vous souhaitez modifier votre note, il faut mettre d'autres arguments sur la table.

– Quels arguments ?

– Mais d'autres arguments !

– Lesquels ?

– Écoutez mademoiselle, je ne vais pas vous faire un dessin. Vous comprenez ?

– Je ne comprends pas monsieur !

– Bon ! Je vous donne mon numéro de téléphone. Vous devez m'appeler en dehors des heures de cours et nous nous retrouverons dans un endroit sécurisé et sécurisant pour poursuivre cette discussion.

– Non monsieur. Je n'accepte pas de vous rencontrer en dehors de la FAC. Votre déontologie vous l'interdit d'ailleurs.

– Mais vous êtes culottée ! Vous me faites une leçon de morale hein ! Dans tous les cas, votre destin est entre mes mains. Ou vous coopérez ou vous coulez. Ce que je vous demande n'est pas extraordinaire. Puisque vous refusez mon offre, vous pouvez partir. Mais sachez que vous hypothéquez votre passage en classe supérieure.

Déçue et révoltée, Alice Okongo était repartie en classe. À la fin des cours, elle avait tout expliqué à son condisciple au sortir de la FAC. Celui-ci n'était pas surpris parce qu'il savait déjà que *seule la cuisse libère les notes* à l'université de Rwizaville. Il prodigua des conseils à Alice Okongo.

– Chère Alice, il faut seulement accepter de « le laisser-goûter » pour ne pas être recalée. Ces professeurs tiennent nos vies entre leurs mains. L'année académique passée, mon grand-frère a repris la troisième année de licence, simplement parce qu'il était proche d'une étudiante que convoitait son professeur.

– Il est hors de question de coucher avec un professeur pour obtenir la note que je mérite. On ne peut pas attribuer des notes fantaisistes aux étudiantes méritantes, pour espérer les obliger à coucher avec les enseignants. Où est donc passée la déontologie régissant les rapports entre enseignants et enseignés ?

– Hééééé ma sœur ! Tu vas échouer. C'est clair. Les professeurs de cette université sont très solidaires. Il rendra compte à ses collègues et tu auras tout le corps enseignant contre toi. Donne-lui ce qu'il veut. Pourvu que tu obtiennes tes diplômes.

– Jamais je ne céderai. Je vais tout expliquer au Doyen de la FAC demain.

Le lendemain, Alice Okongo tenta en vain de rencontrer le Doyen de la faculté des lettres et des sciences humaines. Après plusieurs tentatives, la secrétaire particulière du Doyen lui demanda de lui expliquer la raison pour laquelle elle, une étudiante de première année, souhaitait rencontrer le Doyen de la FAC. Alice Okonga expliqua la situation à la secrétaire particulière du Doyen. Au terme de son exposé, la secrétaire particulière prit la parole et consola l'étudiante. Elle se lança dans une diatribe contre les enseignants.

– Mademoiselle, tous les hommes dans cette institution sont empêtrés dans le harcèlement sexuel. Je ne sais pas ce qu'il faut te conseiller. Le Doyen ne fera rien. Moi aussi, j'étais victime de cette pratique. J'étais stagiaire ici, il y a six ans. Mais, pour mon recrutement, j'ai été obligée de payer le *droit de cuissage*. Sinon, on recrutait quelqu'un d'autre à ma place. C'était répugnant de coucher avec un homme que tu n'aimes pas. C'est à la limite traumatisant ! Mais je n'avais pas le choix. Malgré cela, je retrouve des préservatifs usagés dans le bureau du chef. Je te conseille de trouver une solution avec ton professeur. L'accuser auprès du Doyen ne fera qu'aggraver le problème. Mais si tu insistes, j'essaierai de convaincre mon chef pour qu'il accepte de te rencontrer.

Alice Okongo se leva et repartit en classe sans dire au revoir à la secrétaire particulière du Doyen. Elle décida d'affronter son professeur.

La semaine suivante, à la fin du cours de philo, elle se rapprocha du professeur Tonga-Mabé. Elle accepta de prendre son numéro de téléphone et de le rencontrer dans un milieu *sécurisé et sécurisant*. Le professeur Tonga-Moké était très content, il arborait un sourire de satisfaction, espérant bientôt se retrouver dans les bras de la jeune étudiante convoitée. Mais, ce que le professeur Tonga-Mabé ignorait, c'est qu'Alice Okongo avait décidé de l'humilier et de le ridiculiser. Elle avait acheté un stylo doté d'une caméra connectée à son smartphone. Cette caméra placée dans la poche de sa chemisette devrait enregistrer toutes les actions du professeur Tonga-Mabé dans le milieu *sécurisé et sécurisant*. Après avoir apprêté son matériel de reportage, Alice Okongo, qui ruminait sa vengeance contre le professeur Tonga-Mabé et l'opération Kilimandjaro, téléphona à ce dernier pour une prise de rendez-vous.

Le jour du rendez-vous, Alice Okongo se présenta à l'heure convenue. Elle était ponctuelle comme un aiguilleur du ciel à l'atterrissage de l'avion, ou encore un chef de gare à l'arrivée du train. Le professeur Tonga-Mabé était déjà attablé et sirotait paisiblement sa bière. L'étudiante-reporter activa son système d'enregistrement vidéo et s'approcha du professeur.

– Bonjour, mademoiselle Okongo, asseyez-vous !

– Bonjour professeur…

– Ici, appelez-moi chéri ! Détendez-vous. À la FAC on n'a pas le temps de bien vous scruter. Je vous trouve plus ravissante.

– Monsieur, je n'ai pas assez de temps. Allons à l'essentiel.

– Vous prenez bien quelque chose. Une bière ?

– Non, monsieur. Que voulez-vous ? lança l'étudiante.

– Vous êtes directe mademoiselle !

– Ben oui ! Vous m'avez attribué une note que je ne méritais pas. Vous aviez voulu me rencontrer dans un milieu *sécurisé et sécurisant*, certainement pour vous mettre à l'abri des regards indiscrets. Je suis là. Parlez !

– Malgré votre témérité, vous devez savoir qu'à l'université de Rwizaville, vous ne pourrez pas réussir, si vous n'êtes pas soutenue par une personne hautement placée. Je souhaite vous aider à obtenir votre licence, sans subir un seul échec académique. En contrepartie, vous devez accepter d'avoir des conjonctions sexuelles avec moi, durant votre cursus dans notre Alma mater.

– Ah bon ! Vous trouvez cela normal, vous le professeur de philosophie ? N'avez-vous pas honte ? Vous êtes un philosophe, n'est-ce pas ? Alors que faites-vous de l'éthique et de la morale ?

– Calmez-vous mademoiselle.

– Et si je refusais, quel serait mon sort ?

– Vous allez continuer à enregistrer de mauvaises notes. Et c'est l'échec assuré en fin d'année académique.

– Ce que vous faites est puni par la loi ; c'est du harcèlement sexuel… Vous n'êtes pas sérieux. Hypothéquer l'avenir d'une génération d'étudiantes juste pour satisfaire votre boulimie sexuelle ! Et cela ne vous pose aucun problème de conscience ? Hein monsieur le philosophe !

– C'est cela ou rien mademoiselle. Le succès à l'université de Rwizaville est entre les jambes.

– Vous faites subir le martyre aux femmes pendant que les garçons sont tranquilles. C'est abominable ! Et après vous serez les premiers à dire que les femmes ne fournissent pas d'efforts pour réussir. Je suis dégoutée par ce que je viens d'entendre. J'ai enregistré notre conversation dans mon téléphone à travers la caméra de ce stylo connecté. Vous devez me laisser tranquille et me noter conformément aux exigences docimologiques. Faute de quoi, je posterai cette vidéo sur les réseaux sociaux, avant de porter plainte au tribunal. Je m'en vais. Au revoir…Monsieur le professeur en harcèlement sexuel.

– Ne partez pas ! Attendez ! Attendez ! Mademoiselle Okongo ! Mademoiselle…

L'étudiante quitta l'hôtel et s'engouffra précipitamment dans un taxi. Le professeur Tonga-Mabé tenta en vain de la rattraper. Il avait eu une décharge d'adrénaline et, redoutait à présent, la réaction de l'étudiante. Il vida son verre et paya l'addition avant de quitter l'hôtel, le siège social de l'opération Kilimandjaro.

Le soir, un numéro inconnu avait posté une vidéo sur le compte WhatsApp du professeur Tonga-Mabé. C'était l'entretien intégral du professeur avec l'étudiante Alice Okongo. Le philosophe avait la preuve que l'étudiante n'avait pas bluffé. Elle avait bien filmé leur entretien. À présent, elle avait la preuve, pour attaquer son professeur au tribunal, pour harcèlement sexuel. Le professeur Tonga-Mabé était en état de tachycardie permanente. Il redoutait l'humiliation, le déshonneur et le procès au tribunal.

La peur avait changé de camp. Le bourreau des étudiantes de l'université de Rwizaville était en difficulté. Il tenta d'entrer en contact avec le numéro de téléphone qui avait posté la vidéo en vain. Il ingurgita deux verres de whisky, pour tenter de calmer sa tachycardie. Toute la nuit, il n'avait pas dormi. Même son épouse l'avait constaté. Il tournait et se retournait sur le lit, envahi par les problèmes éventuels que lui poserait la diffusion de la vidéo de mademoiselle Alice Okongo.

Le lendemain matin, le professeur Tonga-Mabé se rendit à la FAC et se pointa devant la salle de cours de la première année de philosophie. Il était clair qu'il attendait l'arrivée de mademoiselle Alice Okongo. À son arrivée, le professeur la supplia d'accepter un entretien confidentiel de quelques minutes, avant le début du cours. L'étudiante accepta sans réserve.

Les deux s'isolèrent à l'angle du bâtiment, transformé en urinoir par les étudiants inciviques.

– Mademoiselle ! Je vous demande pardon. Je ne vais plus vous embêter. Je vais vous accorder les meilleures notes dans mon cours et je vais vous protéger contre les autres prédateurs sexuels de cette faculté. Mais par pitié, ne diffusez pas cette vidéo. Je m'engage aussi à ne plus déranger les autres étudiantes de cette université. Je le jure. Détruisez cette vidéo s'il vous plaît. Pensez à ma réputation.

– Il fallait penser à votre réputation avant de détruire les carrières des jeunes étudiantes. Je ne peux pas détruire cette vidéo, car c'est l'unique moyen de pression qui peut vous permettre de tenir vos engagements et de laisser les étudiantes tranquilles. La vidéo ne sera pas diffusée si vous respectez vos engagements.

– Je vous remercie mademoiselle.

– Bon ! Je dois aller en classe. Au revoir, monsieur le professeur, adepte des fesses. Et surtout, respectez vos engagements pour éviter de vous retrouver au tribunal.

Le professeur Tonga-Mabé était quelque peu apaisé, mais il demeurait inquiet. En effet, la vidéo compromettante constituait une sorte d'épée de Damoclès qui pouvait, à tout moment, nuire à la réputation du Roi de l'opération Kilimandjaro. Depuis ce jour, le professeur Tonga-Mabé respectait ses étudiantes et avait suspendu l'opération Kilimandjaro. Les étudiantes de première année étaient toutes surprises d'avoir de bonnes notes à la seconde évaluation.

Après six mois d'accalmie entre le professeur Tonga-Mabé et les étudiantes de première année, le Roi de l'opération Kilimandjaro relança les hostilités. Il attribua de mauvaises notes à toutes les jolies étudiantes rescapées de l'opération Kilimandjaro, à l'exception d'Alice Okongo. Son addiction au sexe avait pris le dessus sur la peur de la divulgation publique de ses pratiques sordides. Parmi les personnes ayant obtenu de mauvaises notes, il y avait l'une des meilleures amies d'Alice Okongo. Par solidarité avec sa condisciple, Alice Okongo lui présenta la vidéo et dit :

– Ma copine, ce professeur ne peut plus me donner de mauvaises notes parce que j'ai cette vidéo. J'ai menacé de la publier et de le traîner au tribunal. C'est pourquoi j'ai toujours de bonnes notes. Alice Okongo était admise en deuxième année de licence, à la fin de l'année académique.

V

Ainsi soit-il !

Djibril Matiti est un enseignant fraîchement sorti de l'École Normale Supérieure (ENS) de l'Université de Rwizaville, capitale de la République Démocratique de Bongolo. Pendant 5 ans, il y a étudié la pédagogie, la docimologie, la déontologie ainsi que sa discipline de base : la biologie.

Après deux années au chômage, et en attendant son recrutement à la fonction publique bongoloise, il offrait ses prestations dans les différentes écoles privées de Rwizaville.

Après plusieurs mouvements de revendication des enseignants chômeurs, pour leur enrôlement à la fonction publique, mouvements au cours desquels lesdits enseignants ont été à maintes reprises, molestés par les éléments de la force publique, à coups de matraques et de gaz lacrymogènes, Djibril Matiti a été intégré à la fonction publique bongoloise en qualité d'enseignant de biologie. Il fut affecté à l'extrême-sud du pays, à la frontière de la République de l'Équateur.

Dans la ville de Port-Méchant, capitale de la province de Louessé, peuplée d'un million d'âmes, il n'y avait qu'un seul lycée : le lycée Thomas Sankara. Ce lycée ouvert par les colons en 1955 a été débaptisé lycée Thomas Sankara par les autorités publiques, pour rendre hommage au révolutionnaire panafricain, assassiné le 15 octobre 1987 à Ouagadougou, capitale du Burkina Faso.

Après avoir touché ses frais d'installation au Trésor public de Rwizaville, Djibril Matiti prit le train pour rejoindre son lieu d'affectation, situé à 750 km au sud de Rwizaville. Dans ce train, les voyageurs étaient entassés comme des sardines dans une boîte de conserve. Les marchandises se mélangeaient aux humains dans les wagons dédiés au transport du bétail. Malgré les conditions pénibles de voyage, il arriva à Port-Méchant au terme de 20 heures éprouvantes.

Djibril Matiti fut accueilli par sa tante maternelle qui y habitait. Elle lui proposa de cohabiter avec elle, en attendant de trouver une maison à louer. La maison dans laquelle habitait la tante de Djibril Matiti n'avait que deux pièces. La première servait de chambre à coucher et la seconde à la fois de salle à manger et de cuisine. Djibril Matiti devrait donc dormir à même le sol, à côté des mortiers et des casseroles pendant quelque temps.

Le lundi matin, Djibril Matiti se rendit au lycée Thomas Sankara pour la prise de fonction. Arrivé au lycée, il rencontra le proviseur. L'entretien fut cordial. Ce dernier le confia au directeur des études pour l'organisation technique de son travail.

Djibril Matiti entra dans le bureau du directeur des études.

– Bonjour monsieur le D.E.[8] !

– Bonjour monsieur.

– Je suis monsieur Djibril Matiti, le nouveau professeur de biologie. Je viens d'avoir un entretien avec le proviseur. Il m'a demandé de me rapprocher de vous, pour les détails techniques relatifs à mon travail.

– Très bien ! Bienvenue au lycée Thomas Sankara. Je vous félicite, car beaucoup d'enseignants refusent de travailler en province. Tout le monde veut rester à Rwizaville, oubliant que tous les enfants de la République ont les mêmes droits en matière d'éducation. Nous avons un déficit important en personnel enseignant et particulièrement en enseignant de biologie. Actuellement, c'est le proviseur qui enseigne la biologie de la Seconde en Terminale. Nous sommes obligés de mélanger les classes pour faciliter la tâche à celui-ci. Avec votre arrivée, le proviseur va à présent souffler. Vous allez prendre le relais, d'autant plus que le proviseur n'a pas étudié la biologie à l'université, mais les mathématiques.

---

[8] Directeur des études.

– Ce n'est pas possible d'avoir un seul enseignant de biologie pour un lycée de 3600 élèves.

– Hélas ! C'est la triste réalité, je vous prie de préparer du paracétamol pour des raisons évidentes.

– D. E. ! Comment vais-je faire pour couvrir toutes les classes ?

– Je vais vous aider. Les 10 classes de Seconde seront regroupées en 2 classes spéciales, lors de votre cours. Ce qui vous fera un effectif moyen de 150 élèves. On fera pareil pour la Première et la Terminale. Le cours se fera dans l'ancien réfectoire. Les élèves seront obligés de transporter les bancs. Voici votre emploi du temps hebdomadaire.

Djibril Matiti sortit du bureau du Directeur des études étourdi, la gorge sèche et le regard dans le vide. Il croisa dans le couloir, monsieur Liwa-Yassosso, un ancien élève de l'ENS, diplômé deux ans avant lui. Ce dernier l'invita au restaurant situé en face du lycée Thomas Sankara. Djibril Matiti expliqua ses difficultés de logement à son collègue et l'entretien qu'il venait d'avoir avec le D. E.

– Mon cher ! À l'ENS, on nous expliquait les conséquences pédagogiques d'une classe à effectif pléthorique. Comment la direction du lycée peut-elle admettre qu'on fasse cours avec un effectif de 150 élèves ? s'indigna Djibril Matiti.

– Mon cher ami, il faut oublier ce que tu as appris à l'ENS. Il faut à présent s'adapter. Ici tous les enseignants pratiquent l'enseignement dit « frontal ». Personne n'utilise les approches pédagogiques plus participatives. Par ailleurs, on ne peut même pas circuler dans les couloirs des salles qui de toute évidence sont bloqués par les élèves assis à même le sol. Notez que pendant les évaluations, les élèves se trouvant au fond de la salle trichent allègrement, sachant qu'ils sont à l'abri de tout contrôle du surveillant. Que veux-tu ? On fait ce qu'on peut.

– Et comme ça les dirigeants aboient tous les jours dans les médias que *la jeunesse est l'avenir du pays*, ou encore, *l'éducation est le creuset des cadres de demain.*

– Mon cher ! Combien de temps as-tu passé au chômage ? Dans quelles conditions es-tu actuellement logé ? C'est entre mortiers et casseroles que tu vas préparer tes fiches ce soir. N'est-ce pas ? Est-ce que l'État se soucie-t-il des conditions de vie des fonctionnaires, en les affectant à Port-Méchant ou dans d'autres localités de la périphérie du pays ? La jeunesse est sacrifiée depuis des générations. Oublions ces slogans creux des dirigeants politiques qui n'ont aucune ambition pour la jeunesse et pour l'avenir du pays. Ceux-ci se soucient plus de leurs ventres, et surtout, de l'avenir de leurs enfants qui étudient dans les meilleures conditions en Occident, que de l'avenir des jeunes. Leurs programmes politiques se limitent à l'élaboration des stratégies de conservation, mieux de confiscation du pouvoir. C'est offusquant et révoltant.

– C'est plutôt déprimant ! Je comprends à présent pourquoi la jeunesse africaine défie le désert du Sahara et la Méditerranée, pour tenter de rejoindre l'Europe. Concernant le logement, ne peux-tu pas m'accueillir chez toi pendant quelques semaines, en attendant que je ne touche mon premier salaire ?

– C'est possible mon cher Djibril Matiti. À une condition. Que tu participes au paiement du loyer en apportant une contribution de 50% à la fin du mois.

– Pas de soucis.

Les deux enseignants se rendirent au domicile de la tante de Djibril Matiti pour récupérer les bagages du désormais professeur de biologie du lycée Thomas Sankara.

Le lendemain matin, le professeur Djibril Matiti se présenta au réfectoire du lycée Thomas Sankara pour son premier cours de biologie. Les élèves de la Terminale D étaient coincés les uns contre les autres. D'autres n'avaient qu'un fessier posé sur le bout du banc. Nombreux étaient assis à même le sol, au bord de l'estrade.

Djibril Matiti était impressionné par le nombre d'élèves. Il ne pouvait pas quitter l'estrade sans écraser les jambes d'un élève. Le pauvre enseignant ne savait plus comment s'y prendre. Après les présentations d'usage dans un tohu-bohu incessant, il demanda à la salle d'observer le silence, faute de quoi, il quitterait la salle. Les élèves se calmèrent.

Après la présentation du professeur, il décida de se lancer dans un exposé magistral, sans interroger les élèves, sans une évaluation de ce que les élèves avaient retenu au terme de son exposé.

À la fin du cours, une élève se rapprocha de Djibril Matiti pour lui dire qu'il n'avait pas compris la leçon.

– Monsieur ! Je n'ai pas compris la leçon. L'année passée on n'avait pas de prof de biologie en classe de Première. Nous avons tous de nombreuses lacunes. Ne pouvez-vous pas prendre le temps d'apporter des explications aux théories que vous développez ?

– Mademoiselle ! Avec ces effectifs pléthoriques, je ne peux rien faire. Je vais produire un fascicule dans lequel vous trouverez l'ensemble des chapitres des enseignements au programme de Terminale. En classe, je n'apporterais que des explications. Je ne peux pas dicter le cours dans une salle où les élèves ne cessent de crier.

– Et si je vous payais pour me dispenser les enseignements à domicile ?

– Bonne idée, mademoiselle. Au lieu des cours à votre domicile, je suggère que ces cours privés se fassent à mon domicile. Vous aurez le professeur à votre disposition dans les conditions d'isolement acoustique et visuel.

– Merci monsieur ! Puis-je avoir vos coordonnées téléphoniques ?

– Bien sûr !

Djibril Matiti avait aussi pris les coordonnées téléphoniques de son élève pour toutes fins utiles.

Après quelques semaines, Djibril Matiti avait réussi son adaptation au lycée et son intégration sociale dans la ville de Port-Méchant. Il avait aussi trouvé un logement avec l'aide de son élève qu'il encadrait à son domicile. Quelques mois après sa prise de fonction, Djibril Matiti avait créé un centre d'encadrement au bénéfice des élèves candidats au baccalauréat scientifique. Chaque élève inscrit au centre d'encadrement devrait payer, à la fin de chaque mois, la somme de 25.000 francs bongolais. Ce business permettait à Djibril Matiti de subvenir à ses besoins en attendant le paiement du prochain salaire qui de toute évidence, était payé à une fréquence comparable à celle de la pluie dans le Sahel.

Les élèves de Seconde et de Première quant à eux, avaient l'obligation d'acheter le fascicule du professeur de biologie à un prix onéreux. Il était formellement interdit aux élèves de photocopier le fascicule de monsieur Djibril Matiti. Ceux qui refusaient de l'acheter n'avaient pas accès au cours de biologie.

Le proviseur ne pouvait pas intervenir d'autant plus que Djibril Matiti était le seul professeur de biologie du lycée Thomas Sankara.

Face à l'inactivité de l'administration scolaire devant la vente des cours polycopiés, cette pratique fut généralisée au cours de l'année scolaire suivante. Tous les enseignants du lycée Thomas Sankara avaient produit des cours polycopiés qu'ils vendaient sans vergogne aux élèves de Terminale, pour compenser les retards chroniques des salaires. Ainsi va l'école sous les tropiques d'Afrique…

VI

Dialogue insolite

Bella-Bella est une étudiante très jolie. Âgée de 22 ans, elle est inscrite en deuxième année de licence à l'école supérieure de journalisme de la ville de Mokili- Matata en République de Kwango.

Depuis le collège, elle utilisait son charme pour séduire les professeurs. Aux examens d'État, Bella-Bella ainsi que la plupart des élèves comptaient sur la mobilisation des chefs d'établissement. Ceux-ci étaient engagés dans des pratiques immorales, pour favoriser la réussite des élèves de leurs établissements scolaires aux examens d'État. En effet, ils corrompaient systématiquement les membres du jury et les agents de la force publique, à coup d'espèces sonnantes et trébuchantes, en complicité avec la puissante association nationale des parents d'élèves. Le jury et les agents de la force publique ainsi corrompus laissaient les élèves tricher allègrement, pendant le déroulement des épreuves d'examens d'État.

Après son admission, sans effort au Baccalauréat, la belle Bella-Bella fut inscrite à l'école supérieure de journalisme de la ville de Mokili- Matata, sa ville natale.

Son père était fier d'avoir une fille insolemment jolie et très intelligente, au regard de son cursus scolaire sans faute. Comment pouvait-il en être autrement ? Le pauvre ignorait que sa fille échangeait sa chair contre les notes, en se livrant sexuellement à la quasi-totalité de ses professeurs.

En deuxième année de licence, Bella-Bella était confrontée à monsieur Del Pierrot, un professeur de français réputé très rigoureux et incorruptible. Ce dernier n'entretenait aucun contact extrascolaire avec ses étudiants. Il était le prototype de l'enseignant au sens propre du terme. Il attribuait à chaque élève la note méritée. Sur cette question, il était intransigeant et ne prostituait jamais les notes. Il résistait même aux injonctions des administrateurs de l'école, qui l'abordait pour tenter de modifier les notes des membres de leurs familles et des étudiants qui proposaient de l'argent frais, pour obtenir un tripatouillage des notes en leur faveur.

Après de mauvaises notes successives en français, Bella-Bella décida de rencontrer son professeur de français.

Del Pierrot était assis sur un banc, dans le jardin de l'école. Il lisait le journal du quotidien *Mokili-Matata matin*. Il fut interrompu par la présence de Bella-Bella qui l'avait rejoint incognito.

– Bonjour Professeur Del Pierrot.

– Bonjour mademoiselle Bella-Bella. Comment allez-vous ?

– Je vais très mal ?

– Qu'est-ce qui ne va pas ?

– Vous devez le deviner, monsieur ! J'ai de mauvaises notes en français. Et pourtant, je fournis d'importants efforts pour améliorer mes compétences !

– Mademoiselle ! J'observe attentivement votre comportement dans cet établissement. Permettez-moi de vous dire que ce que je vois ne vous honore pas. Vous devez faire preuve de responsabilité. Soyez concentrée pendant le cours de français, faites vos exercices et lisez vos leçons. Si vous suivez mes conseils, vous obtiendrez des notes satisfaisantes aux prochaines évaluations. Dites-moi ! Quel livre avez-vous déjà lu depuis le début de l'année académique ?

– Aucun.

– Aucun ?

– Malheureusement, oui.

– Nom de Dieu ! Mais pourquoi donc ?

– Ah monsieur ! On est habitué à la facilité. On donne de l'argent aux professeurs pour obtenir de bonnes notes. Pour ceux qui refusent l'argent, on trouve des compromis, une sorte de troc, pour régler le problème. Surtout lorsqu'il s'agit de bombes morphologiques comme moi.

– Mademoiselle ! Ce pays régresse à cause de ces pratiques qui sont à l'origine de l'inflation des diplômés de friperie. Obtenir un diplôme, c'est bien. Mais être capable de le défendre publiquement, c'est mieux. Je suis scandalisé par cette pratique abjecte qui inonde le pays de diplômés de pacotille. Cette pratique est dangereuse pour le développement ultérieur de notre pays. Qu'allez-vous faire avec votre diplôme de journalisme, si vous n'avez aucune compétence ?

– Monsieur, je n'aspire pas à devenir présentatrice du journal télévisé de 20 heures sur la chaîne nationale. Je serai directrice de marketing dans une entreprise publique, ou conseillère en communication dans un cabinet ministériel. Là-bas, on n'a pas besoin d'être compétent. On est simplement propulsé par un parrain, hautement placé dans la sphère politique, et le tour est joué. Dans ce pays, *Ébonga, ébonga té, toujours meilleur*[9].

– Oh là, là ! Ressaisissez-vous, mademoiselle ! Sachez que le succès sans effort est éphémère. Le pays a besoin de ressources humaines de qualité, pour son développement intégral. Vous le regretterez, si vous ne suivez pas mes conseils.

– Monsieur ! Je veux bien suivre vos conseils. Mais, il faudra d'abord trouver une solution aux

---

[9] Se complaire dans la médiocrité.

mauvaises notes que vous m'aviez attribuées aux évaluations passées.

– Comment ? Ce qui est fait est fait. Projetez-vous vers l'avenir. Travaillez, travaillez encore et encore. Vous verrez que les résultats suivront.

– Ah monsieur ! Pourquoi vous êtes si dur comme ça, hein ! Vous perdez quoi en améliorant mes notes en échange de…tout ce que vous voudrez ; en espèce ou en nature. Regardez-moi, regardez cette poitrine envoûtante et cette masse de chair derrière. Ça peut vous donner une seconde jeunesse, n'est-ce pas ?

– Sacrilège ! L'école n'est pas un supermarché où l'on peut tout acheter avec de l'argent. Le diplôme n'est pas une marchandise à vendre ou à acheter. Votre corps l'est encore moins. Je ne distribue pas de notes parfumées de sperme. Je ne suis pas de la race des enseignants qui courtisent les étudiantes ou qui se laissent séduire par elle. La morale est le fondement de ma relation avec les élèves. Vous devez projeter sur moi, l'image de votre père. Le respect, la considération, la pudeur et la dignité doivent être au centre des rapports enseignant-enseigné. Si j'étais à la place du ministre de l'Éducation nationale, tous les enseignants impliqués dans les pratiques abjectes seraient exclus de façon brutale. Aussi, les étudiantes qui draguent les enseignants, seraient traduites au conseil de discipline et sanctionnées sévèrement. Il faut stériliser et sanctuariser l'Éducation nationale, pour préserver le pays de la perversion morale et sociale. Cet entretien est à présent terminé.

– Ah monsieur ! *Yo moto o ko bonguissa mboka oyo ? Mboka ébéba nango kala*[10]

– Disparaissez de ma vue, paresseuse !

Bella-Bella se leva, jeta un regard furtif vers son professeur de français, avant de marmonner du bout des lèvres : « Il est dur à cuire celui-là ». Elle prit la direction du restaurant de l'établissement en se retournant de temps en temps, pour observer l'attitude de Del Pierrot. Ce dernier ne la quittait pas du regard, choqué par le courage et l'audace de Bella-Bella.

---

[10] C'est vous qui allez transformer ce pays en péril depuis des années ?

VII

La mafia civilisée

Fulbert Obam Ndzogue est un cadre supérieur du ministère de l'Éducation nationale. Il est aussi un fervent militant du Parti démocratique national, le Parti au pouvoir depuis l'indépendance de la République de l'Équateur.

Il a servi au cabinet du ministre de l'Éducation nationale depuis plus d'une décennie en qualité de conseiller technique du ministre.

Au terme de la dernière élection présidentielle qui s'est terminée par la dixième réélection du président fondateur du Parti démocratique national, Fulbert Obam Ndzogue a été nommé Directeur général de l'orientation et des bourses. Cette nomination a été imposée au ministre de l'Éducation nationale, par le secrétaire général du Parti démocratique national, afin de le récompenser pour son militantisme et son engagement total, au cours de la campagne électorale qui a été rude et caractérisée par de nombreux incidents provoqués par l'opposition politique, qui réclamait une alternance à tout prix, après 25 ans de pouvoir du Parti démocratique national.

Le soir après la nomination de Fulbert Obam Ndzogue, tous les ressortissants de son village qui étaient présents dans la ville, s'étaient rendus à son domicile pour le féliciter. Au cours de cette soirée, les danses traditionnelles accompagnaient le rythme des tam-tams du terroir. L'alcool coulait à flots.

Tout le monde était fier de voir le fils du coin être propulsé au poste très convoité de Directeur général (DG).

À la fin des danses traditionnelles au cours desquelles, les femmes se déhanchaient comme des chenilles pour prouver aux mâles la souplesse de leurs parties viscérales, le chef de la communauté des ressortissants du canton de Bibaka prit la parole, et s'adressa au nouveau DG de l'orientation et des bourses en ces termes.

– Fulbert Obam Ndzogue ! Par ta nomination, c'est tout le canton de Bibaka qui est honoré. Tu sais que c'est pour la première fois qu'un ressortissant de notre canton est nommé à ce poste prestigieux. Tu dois donc faire comme tout le monde. Qu'est-ce que cela veut dire ? Eh ben ! Cela veut dire que tu dois aussi favoriser la nomination de tes parents à des postes stratégiques. Tu dois avoir un conseiller aux affaires occultes. Pourquoi ? Eh ben ! Parce que nous avons appris que ta nomination a été faite contre la volonté de ton ministre de tutelle. Ce dernier ou ses partisans peuvent utiliser des missiles nocturnes ou des gris-gris, pour t'atteindre mystiquement. Nous allons faire venir Vieux Boutou-Boutou dès demain pour assurer ta sécurité occulte. Dernière chose ! Maintenant que tu es le patron de l'orientation et des bourses, tu dois attribuer prioritairement ces bourses d'études aux jeunes issus de notre communauté et de notre tribu. Ici, il ne s'agit pas de tribalisme ou de népotisme. Il s'agit de profiter de cette opportunité pour mettre en avant nos intérêts. Tout le monde agit de cette façon, et nous n'allons pas échapper à cette pratique. Ne dit-on pas que *charité bien ordonnée commence par soi-même* ? D'autres affirment même que *celui qui travaille à l'hôtel, mange à l'hôtel*, ou encore, *taba a liyaka na molayi ya singa na yé*[11]. Dans les prochains jours, nous t'apporterons la liste de tous les étudiants de la communauté de Bibaka. *Abou hoo... Pia*[12] !

En réponse à la logomachie du chef de la communauté des ressortissants du canton de Bibaka, le nouveau DG n'avait prononcé qu'un seul mot : akiba[13]

---

[11] Le mouton ne broute l'herbe que dans l'espace où il est attaché.
[12] Interjection d'exclamation indiquant que l'affaire est close.
[13] Merci.

Le lendemain matin, le nouveau DG de l'orientation et des bourses se rendit au cabinet du ministre de l'Éducation nationale pour présenter les civilités au ministre de tutelle.

L'entretien avec le ministre était fugace. Ce dernier étant frustré du fait que le parti lui avait imposé un collaborateur à cette direction générale très stratégique. Néanmoins, il avait demandé à son directeur de cabinet d'organiser et de présider la cérémonie de prise de fonction du nouveau DG de l'orientation et des bourses.

Le jour de la passation de service, Fulbert Obam Ndzogue était habillé en costume trois-pièces. Il avait demandé à la presse audiovisuelle de couvrir la cérémonie, pour satisfaire son égo surdimensionné.

Dans la soirée, aux environs de minuit, il se rendit à son nouveau bureau de DG accompagné de Vieux Boutou-Boutou. Ce dernier était venu exclusivement pour purifier le bureau du DG qui, semble-t-il, était souillé par les ondes maléfiques et les gris-gris. En effet, en République de l'Équateur, les prédécesseurs ont souvent un *très mauvais cœur* ; le cœur du diable. Frustrés par leurs évictions, ils laissent les gris-gris pour envoûter leurs successeurs. C'est pourquoi la prise de fonction est souvent accompagnée des cérémonies mystiques, pour se prémunir du mauvais sort de son prédécesseur.

Fulbert Obam Ndzogue avait jeté son dévolu sur le sorcier de son village natal : Vieux Boutou-Boutou alias le grand *Moundjoula*[14]. Ce dernier était un grand pratiquant des *arts nocturnes*. Chaque nuit, il se rendait au cimetière de Panga-Panga, pour des pratiques de nécromancie.

Pour purifier le bureau du DG et protéger ce dernier contre les mauvais sorts, Vieux Boutou-Boutou avait proposé une ordonnance spéciale pour la lugubre cérémonie d'exorcisme. Dans celle-ci, il avait prescrit au DG de trouver un mouton de couleur noire, des colas, des plumes de perroquets et des crottes de chien. Le nouveau DG avait réuni tout ce que Vieux Boutou-Boutou avait prescrit dans son ordonnance spéciale.

Rien ne pouvait plus empêcher la tenue du rituel de la nuit.

À minuit, Vieux Boutou-Boutou avait appliqué un maquillage blanc sur son visage hideux et ridé. Il était habillé en soutane de couleur rouge vif et tenait un petit balai dans sa main droite. Il portait aussi un petit sac contenant du sel, des noix de cola, des piments sauvages, des coquillages, des plumes d'oiseaux, des crottes de chien, un couteau et un crâne humain.

---

[14] Profanateur des tombes.

Il étala le contenu de son sac sur le bureau du DG. Celui-ci fit deux pas en arrière, foudroyé par la tachycardie, conséquence de la décharge d'adrénaline libérée par son organisme, au début des incantations de Vieux Boutou-Boutou qui était quasiment métamorphosé. Ce dernier n'avait plus l'apparence d'un humain, mais celle d'un fantôme. Il entonna un chant dans une langue incompréhensible. Au terme de ce chant, il lança d'autres incantations dans une langue toujours incompréhensible. Il gesticula de haut en bas comme quelqu'un atteint d'une transe. Il sautilla avec l'agilité d'un jeune de vingt ans. Ces yeux rouges étaient en mydriase. Son visage ridé et maquillé était imbibé de sueur. Sueur qui commençait à défaire son maquillage de circonstance. Il demanda d'un ton autoritaire au DG de se rapprocher avec le mouton, celui-ci s'exécuta avec peur. Vieux Boutou-Boutou immobilisa le mouton sans résistance en position couchée. Il plaça la tête du mouton dans la cuvette et lança un grand cri, les cordes vocales déployées au maximum et la main dans laquelle il tenait son couteau, levée vers le ciel. Le DG qui avait la chair de poule tremblait de la tête aux pieds. Vieux Boutou-Boutou alias le grand Moundjoula plaça le couteau sur la gorge du mouton et sectionna la carotide de l'animal avec force et brutalité. Le sang rouge vif gicla de la gorge du mouton. La pauvre bête poussa un cri de désespoir avant d'exécuter quelques spasmes vite retenus par le poids du féticheur qui était assis sur la bête.

Le sang de la bête s'écoulait toujours dans la cuvette depuis quelques minutes après son égorgement. L'odeur de la boucherie envahit le bureau du DG. Pendant ce temps, Vieux Boutou-Boutou mâchait des noix de cola, des crottes de chien et des piments sauvages. Il déplaça la cuvette contenant le sang de la bête et cracha plusieurs fois le contenu de sa bouche dans la cuvette, en marmonnant quelques mots sur ses lèvres empourprées par l'abus d'alcool et de tabac. Il versa cinq litres d'eau dans la cuvette contenant le sang visqueux en pleine coagulation. Il plongea ensuite son balai dans la cuvette et aspergea le liquide sur le fauteuil du DG et dans chaque coin de la pièce. Après ce rituel, il demanda au DG de s'approcher. Celui-ci tétanisé par ce qu'il venait de voir, hésita. Vieux Boutou-Boutou lui demanda de se déshabiller et de se laver avec le sang du mouton. Ce bain devrait le protéger contre les attaques mystiques et lui conférer un pouvoir de séduction et de domination.

En entendant le mot « séduction », le DG qui était en froid avec son ministre de tutelle s'exécuta.

Après le *bain*, Vieux Boutou-Boutou remit trois coquillages au DG. Ces coquillages devraient rester dans son bureau durant l'exercice de ses fonctions. À la fin de la cérémonie d'exorcisme, le DG demanda aux gardiens de nettoyer son bureau. Il leur avait remis de l'argent pour acheter leur silence.

Cinq mois après sa prise de fonction, le DG avait reçu des bourses d'études du premier et du deuxième cycle universitaire, dans le cadre de la coopération bilatérale avec la Fédération de Russie, la Pologne, le Canada, la Chine, la Suisse, le Japon, le Venezuela et l'Allemagne.

Dans le cadre de la gestion de ces bourses, le DG était submergé par les sollicitations de la communauté des ressortissants de Bibaka, des membres de sa famille élargie, des autorités politico-militaires et des députés qui se faisaient appeler « Honorables » malgré leur immoralité avérée. Il lui fallait donc prévoir des quotas pour chaque entité demandeuse.

À ces demandes, s'ajoutaient celles des membres du gouvernement et des hommes d'affaires qui souhaitaient payer pour que les noms de leurs enfants apparaissent sur la liste des boursiers de la coopération bilatérale.

Après avoir aligné les noms des ressortissants de sa communauté ethnique et des membres influents du Parti au pouvoir, le DG décida de vendre les bourses aux plus offrants, sans tenir compte des critères d'excellence imposés par les pays qui avaient octroyé ces bourses à la République de l'Équateur. Tous les meilleurs élèves bacheliers et les meilleurs étudiants qui n'avaient pas de parrains étaient systématiquement écartés.

Fulbert Obam Ndzogue vendait la bourse à 7 millions de Makuta [15], soit l'équivalent de 5 millions de francs CFA.

Ainsi, la moitié des bourses a été vendue aux plus offrants. Ce qui avait permis au DG d'empocher énormément d'argent. Il avait eu le culot de publier les listes des boursiers, sans avoir reçu l'aval du ministre de l'Éducation nationale. Après la publication des fameuses listes et le départ des boursiers à l'étranger, plusieurs ambassades des pays donateurs avaient contacté le ministère des Affaires étrangères et celui de l'Éducation nationale. Ceci pour marquer leur indignation, face aux rumeurs persistantes, liées à la vente des bourses d'études octroyées à la République de l'Équateur.

Saisi par cette information et, dans le but de se venger face au refus du DG de l'orientation et des bourses, d'aligner les cas des membres du gouvernement sur les listes des boursiers, le ministre de l'Éducation nationale diligenta une enquête. Quelques jours plus tard, les services spéciaux du ministère de l'Intérieur apportèrent les preuves accablantes de la vente des bourses d'études. Ceci au détriment des étudiants méritants qui, à l'évidence, avaient déposé leurs dossiers. Face à ces preuves indiscutables, le DG fut arrêté.

Malgré les gris-gris de Vieux Boutou-Boutou, et l'intervention du secrétaire général du Parti

---

[15] Monnaie de la République de l'Équateur.

démocratique national, Fulbert Obam Ndzogue fut incarcéré à la maison d'Arrêt où il attend son jugement.

VIII

La guerre des gangs à l'école

Depuis près de deux ans, les écoles de la ville de Kanga-Mbanzi en République de Kitambala sont gangrenées par les violences entre gangs rivaux. Ces gangs constitués essentiellement d'élèves de moins de 18 ans sèment la terreur au sein des établissements scolaires. Malgré les multiples interventions de la force publique, le phénomène évolue de façon exponentielle.

Au lycée technique Père Morsure, c'est le gang dénommé les *microbes* qui sème la terreur. Ce gang est dirigé par Barakouda, le fils cadet du chef de la police de la ville de Kanga-Mbanzi. Barakouda avait été exclu de l'école militaire pour indiscipline et pour conduite immorale. Il porte des tatouages sur tout le corps et harcèle les filles de son lycée. Les tentatives d'intervention des dirigeants du lycée technique Père Morsure n'ont rien donné. Chose curieuse, son père qui est l'un des responsables de l'ordre public à Kanga-Mbanzi ne fait rien pour mettre fin aux actes délictueux de son fils.

Depuis le début de la nouvelle année scolaire, Barakouda avait déjà agressé au couteau, 15 élèves. Il était aussi accusé de viol sur deux élèves de sa classe. Dans son funeste palmarès, il faut aussi ajouter l'agression du professeur de mathématiques qui lui avait attribué de mauvaises notes, pourtant méritées.

Face à ce comportement de délinquance juvénile, Barakouda fut exclu du lycée technique Père Morsure, pour indiscipline caractérisée. Mais, son père avait réussi à le réintégrer par le biais de l'intimidation et du trafic d'influence.

Investis du sentiment de toute-puissance et d'impunité, Barakouda et les membres de son association des malfaiteurs baptisée les *microbes* faisaient la loi au sein de cet établissement scolaire.

Les multiples plaintes du proviseur du lycée auprès de sa hiérarchie étaient classées sans suite.

Marina, la sœur cadette de Barakouda était inscrite au collège Camara Laye, situé non loin du lycée technique Père Morsure. Un jour, sa sœur avait été agressée par les *moudjahidines,* un autre gang d'élèves délinquants qui sévissait au sein de ce collège. Pour venger sa sœur, Barakouda organisa une descente au sein du collège pour mater les *moudjahidines.*

À l'instar d'un chef militaire, il convoqua son groupe à un rassemblement, pour donner des ordres, présenter le plan d'attaque et la tactique de repli.

Après le rassemblement, les leaders du groupe peaufinèrent le fameux plan d'attaque. L'effet-surprise devrait permettre de déstabiliser le camp adversaire et d'agir rapidement, avant l'intervention de la force publique.

Le jour de l'attaque, les *Microbes* avaient envoyé l'un des leurs en éclaireur, pour se rassurer que les *moudjahidines* étaient bel et bien présents au collège Camara Laye.

Au signal de l'éclaireur, Barakouda et les *Microbes* débarquèrent au collège Camara Laye, munis de couteaux, de fourchettes, de machettes et de gourdins. Dès l'entrée de l'établissement, ils agressaient toutes les personnes qui se trouvaient sur leur passage. Élèves, professeurs, surveillants et même les restaurateurs étaient pris pour cible.

Face à cette attaque, la riposte des *moudjahidines* fut aussi puissante que celle des envahisseurs.

Les autres élèves du collège vinrent à la rescousse des *moudjahidines,* par solidarité. Face à la pluie des pierres que les élèves du collège envoyaient en direction des *Microbes*, ces derniers appliquèrent le plan de repli, sur ordre de Barakouda.

Une heure après la fin de l'affrontement entre les *Microbes* et les *moudjahidines*, l'unité d'intervention de la police arriva sur place. En entendant la sirène de police, le directeur du collège qui était dissimulé dans le plafond de son bureau pour échapper aux agresseurs sortit de sa cachette pour constater les dégâts.

Les étals des restaurateurs étaient vandalisés, le bureau du surveillant général aussi. Il y avait près de 30 élèves blessés ainsi qu'une dizaine de professeurs. Ce bilan ne prenait pas en compte les blessés des membres des deux gangs rivaux qui s'étaient volatilisés, pour échapper à la police.

L'officier qui commandait l'équipe d'intervention de la police demanda aux témoins s'ils avaient reconnu les personnes à l'origine de l'attaque. L'un des élèves blessés affirma que c'est Barakouda, le grand-frère de Marina, et chef de gang des *Microbes* du lycée technique Père Morsure qui avait conduit l'attaque, parce que sa petite sœur Marina avait été agressée par les *moudjahidines*.

Faute d'ambulance, les policiers conduisirent les blessés à l'hôpital pour recevoir les soins médicaux.

Deux jours après la descente musclée des *Microbes* au collège Camara Laye, les *moudjahidines* avaient décidé de se venger à leur tour. Une expédition punitive devrait se faire au lycée technique Père Morsure.

Heureusement, pour les élèves du lycée technique que la police avait été informée. Celle-ci avait mis en place un dispositif impressionnant devant l'entrée principale du lycée.

Face à ce dispositif dissuasif, plusieurs enseignants avaient refusé de dispenser les cours.

Élèves, professeurs et parents d'élèves étaient sur le qui-vive, redoutant l'attaque des *moudjahidines*.

Dans le souci de pousser les autorités à prendre des mesures face au phénomène des gangs dans les écoles de Kanga-Mbanzi, l'association des parents d'élèves avait organisé une marche citoyenne avec la participation des milliers d'élèves.

Dans le but d'endiguer définitivement ce phénomène qui polluait le climat social au sein des établissements scolaires, le maire de la ville de Kanga-Mbanzi avait convoqué une réunion regroupant les différentes parties prenantes à savoir:

– Le chef de la Police ;

– Le député de Kanga-Mbanzi ;

– Le procureur de la République ;

– Le commandant de brigade de la gendarmerie;

– Le responsable provincial de l'éducation nationale ;

– Les chefs d'établissement scolaire de la ville de Kanga-Mbanzi ;

– Le président de l'Association des parents d'élèves de Kanga-Mbanzi.

Au cours de cette réunion, les chefs d'établissements scolaires avaient dénoncé le laxisme de la police et l'irresponsabilité des parents. Le président de l'association des parents d'élèves s'était indigné du fait que le phénomène social de délinquance juvénile avait atteint le milieu scolaire. Il avait en outre indiqué que les enfants des responsables de la force publique et des hommes politiques étaient impliqués dans les gangs de voyous qui polluaient la vie des paisibles enfants au sein des établissements scolaires.

Prenant la parole pour conclure, le maire avait indiqué que plusieurs facteurs sociaux étaient à l'origine de l'amplification de la délinquance juvénile dans le pays et particulièrement à Kanga-Mbanzi. La démission et l'incapacité parentales, le laxisme des pouvoirs publics, le chômage, la dépravation des mœurs, la promiscuité sociale, la complaisance de certaines autorités, l'influence des médias qui inondent les pays pauvres des films faisant l'apologie de la violence, – Films qui sont consommés par des mineurs dans les multiples ciné-clubs dans nos quartiers populaires–, sont les causes essentielles de ce phénomène que nous décrions tous.

Après avoir évoqué les causes de la délinquance juvénile, le maire avait envisagé des solutions.

Il avait décidé de rouvrir les centres de rééducation des mineurs délinquants, abandonnés depuis plusieurs années, faute de budget. Il avait aussi demandé au commandant de brigade de la gendarmerie d'organiser une rafle afin de stériliser la ville des gangs de jeunes hors la loi. Ceux-ci devront être mis à la disposition de la justice qui devrait tout faire pour ne plus les remettre en liberté, sous prétexte qu'ils sont mineurs. La police quant à elle devrait s'occuper de la sécurisation des élèves et du personnel enseignant dans les établissements scolaires de la ville.

À la suite de cette réunion, la gendarmerie avait réussi à arrêter les principaux leaders des gangs qui sévissaient dans les établissements scolaires. Ils étaient présentés au procureur de la République et placés en détention préventive. Les mineurs étaient transférés dans les centres de rééducation, fraichement réhabilités par la municipalité de Kanga-Mbanzi. Les plus âgés étaient déférés à la Maison d'arrêt, en attendant leur procès.

Grâce à l'application de ces mesures salvatrices, les élèves des établissements scolaires de la ville de Kanga-Mbanzi avaient retrouvé la quiétude et la sérénité.

Pour capitaliser son succès contre les gangs des jeunes, le maire de la ville fut candidat aux élections législatives, afin de devenir le député de la circonscription unique de Kanga-Mbanzi. Le malheur des uns fait le bonheur des autres, dit-on !

Postface

Ah ! L'école sous les tropiques ! Un véritable pavé dans la mare aux diables lubriques et aux *Tintins* d'une certaine République où l'on s'adonne à des pratiques viles, inciviques, insipides, ignominieuses dans le système éducatif.

Du trafic des notes dans les secrétariats de gestion des examens d'État en aval de leur déroulement, à « la fuite des matières » en amont – pratique consistant à divulguer les sujets des épreuves quelques semaines avant – toutes ces opérations d'une fraude organisée à grande échelle sont mises à l'index accusateur et à la férule coercitive de Julien Makaya *Ndzoundou* qui, peiné, affligé, indigné, scandalisé, écœuré, choqué plus que le mot par l'incurie des professionnels de l'Éducation nationale véreux, s'insurge comme Émile Zola dans son célèbre « J'accuse », révolté par l'affaire Dreyfus, contre tous les criminels de la jeunesse studieuse africaine.

Oui, il s'agit bien de ces innocents apprenants – élèves et étudiants sous les chauds tropiques piqués à vif dans leur intimité, leur chair mise à mal par des chasseurs d'argent quand ce ne sont pas des pêcheurs en eaux troubles de la source mère de l'Éducation civique, morale, intellectuelle de l'adolescent d'aujourd'hui, femme et homme de demain – apprenants sacrifiés à l'autel des assises sociales voulues grandeur nature. Comment ne pas crier haro sur le baudet, quand on est témoin impuissant de l'agonie de l'école, temple de l'éducation et de la formation intellectuelle de l'Homme ?

Ce sont de véritables « brouettes scolaires » poussées par des enseignants sans éthique, complices invétérés du pillage des valeurs morales à installer dans le logiciel mental de ces enfants à charge pour les instruire selon les règles du sacerdoce de Montaigne et de Rousseau, dont Julien Makaya *Ndzoundou* se veut l'avocat défenseur. Il est ici en même temps, le ministère public qui accuse et condamne avec la dernière énergie qui reste à sa conscience brisée, cette race inique de prédateurs des destins juvéniles.

De cette bande de « fourmis magnans » qui mordent impunément dans la chair de petits anges promis à un bel avenir, il y a le cas de Monsieur Makita, professeur de sciences physiques au lycée Vladimir Tcherkov, spécialiste de « catch docimologique » avec la distribution à tour de bras des zéros aux élèves de Première C dont on sait combien la matière qu'il enseigne compte pour le maintien dans cette série avec son coefficient le plus important avec les mathématiques. Alors, avec un zèle outrancier, il se livre à un véritable massacre pédagogique en terrorisant les apprenants, pour détourner la plupart de ceux-ci d'un destin prometteur ainsi que leurs résultats antérieurs le laissaient présager. Ici, l'écrivain en passant, dénonce l'irresponsabilité de l'administration scolaire qui laisse faire pareil gâchis pédagogique par un manque de suivi et de contrôle de l'exercice du personnel enseignant.

Avec l'épisode de Tierno et Demba, deux adolescents unis par le destin, nous avons la peinture sociale de la réussite scolaire d'un fils de nanti – le second cité – le Maire de la ville, idiot, sans le moindre niveau, paresseux par-dessus tout et qui ne compte que sur le premier de condition sociale modeste, mais brillant élève. C'est lui qui, moyennant une contrepartie faite d'avantages sociaux alléchants, est le sésame de la sixième en troisième pour Demba qui réussit l'exploit pour s'assurer le succès au Brevet d'études du premier cycle (BEPC), de corrompre jusqu'au Directeur des études de son établissement avec des espèces sonnantes et trébuchantes qui font effectivement trébucher moralement ce responsable pédagogique au bout du compte irresponsable, allant pour accomplir les desseins funestes du garnement à son tour, corrompre le jury dudit examen d'État. Julien Makaya *Ndzoundou* dévoile dans cette nouvelle, une pratique honteuse à l'école amorale sous les tristes tropiques.

Dans le même registre de l'immoralité comme mode de gestion de l'école d'aujourd'hui, on peut ranger l'expérience calamiteuse de la gestion scabreuse du Directeur du Lycée René Descartes, Zoba-Libosso autrement dit en langue tropicale, celle de l'auteur, « l'idiotie en primauté » en fait la triste démonstration dans « le business de la honte » qu'il pratique pour que son établissement obtienne des résultats éloquents, qui serviront d'appât à chaque rentrée scolaire de nouvelles recrues de candidats au succès scolaire garanti.

Enfin, l'auteur ne pouvait pas terminer son procès contre les fossoyeurs de l'école africaine, sous certains cieux pas loin de son Congo natal, mais qui lui est voisin tant le phénomène leur est commun, non seulement par la stigmatisation du harcèlement sexuel des étudiantes, perpétré par certains Universitaires en les faisant chanter pour obtenir leur Unité de Valeur au prix d'une partie de jambes en l'air, mais également, par le scandale affligeant des conditions anti pédagogiques de l'exercice sacerdotal dans certains bleds de l'hinterland où la vie sociale rebute les enseignants affectés là-bas. Il n'est pas rare que ceux qui, malgré eux, y arrivent travailler, ils doivent faire face à plus d'une centaine d'apprenants assis – serrés comme des sardines dans des boîtes de conserve – sur des bancs collés les uns aux autres sans espace facilitant les déplacements de l'enseignant devant contrôler la prise de notes dans les cahiers des élèves. Voilà dans quelles conditions, enseigner dans les règles de l'art est une véritable gageure sous les tropiques.

Ainsi, il n'est pas rare qu'on assiste à une pratique de dispense des enseignements systématisés par l'imposition des fascicules comme supports de cours vendus aux élèves, lesquels pour certains, hélas, n'ont que leurs yeux pour pleurer, quand l'administration scolaire laisse se perpétrer cette forfaiture didactique.

Que dire de l'épisode à la fois troublant, désolant et manifestement blâmable de la nouvelle dont le titre annonce bien les couleurs : « La mafia civilisée » ? On est au comble de la désespérance. L'administration étatique est au bord du naufrage quand elle est aux mains d'incompétents, parachutés à ces postes de responsabilité à la faveur du militantisme de flagorneurs, chantres zélés du pouvoir politique aux affaires dont ils sont les griots et grillons, criant les louanges comme des anges du bonheur des masses populaires qu'ils enroulent par leurs discours lénifiants, dans la nasse lors des campagnes électorales. Les plus enthousiastes se voient récompensés de postes juteux. C'est le cas du sieur Fulbert Obam Ndzogue propulsé aux fonctions prestigieuses de

Directeur Général de l'Orientation et des Bourses au ministère de l'Éducation nationale de son pays, la République de L'Équateur.

Une occasion en or pour un parvenu, non seulement de favoriser ses parents et les enfants des natifs de sa région, mais de s'en mettre plein les poches en vendant aux plus offrants, les bourses d'études supérieures à l'étranger qu'importe leur mérite, et ceci évidemment au détriment des meilleurs élèves et étudiants de la République. Heureusement, notre nouvelliste ne laisse pas impuni, ce fossoyeur des destins juvéniles, car dénoncé par la clameur publique, voire internationale, le véreux citoyen devra répondre de ses crimes professionnels dans le cachot des délinquants séniles.

Je ne saurai terminer le décryptage de ce brûlot contre les fossoyeurs de l'école sous les tropiques, sans mon coup de cœur que le « dialogue insolite » m'a arraché à titre personnel, au fur et à mesure que je lisais la merveilleuse nouvelle mettant en scène les péripéties vécues par un enseignant modèle, exemplaire, de l'étoffe des anciens formateurs de l'élite d'hier, qui, du sacerdoce de Montaigne ou de Rousseau, faisaient une religion dont les commandements phares étaient l'honnêteté, l'impartialité, la justice, l'amour du travail bien fait, la récompense de la compétence, l'excellence au bout du compte. Oui, Del Pierrot m'a rappelé l'anecdote du dialogue avec mon étudiante à l'École Normale Supérieure (ENS) où j'assurais la vacation en Didactique de Français, il y a quelques années. C'était à la veille des évaluations du second semestre. Consciente de ses résultats antérieurs minables et s'appuyant sur la fibre ethnique, elle tint à peu près ce langage au sortir du cours, dans la cour du temple des savoirs didactiques, pédagogiques et docimologiques :

-Monsieur, ne savez-vous pas que je suis votre sœur du terroir et que me laisser manquer votre UV [16] serait incompréhensible alors que vos collègues font la part belle aux leurs ?

Interloqué, je n'en revenais pas de ce courage sans précédent jamais rencontré le long de mon exercice sacerdotal. Poussant le bouchon plus loin, elle continua, sans gêne ni complexe, allant jusqu'à me proposer de monnayer sa requête. J'étais stupéfait. Je lui répondis, non sans en profiter pour stigmatiser ces pratiques avilissantes et honteuses de la part de mes collègues dont je n'étais point dupe, mais surtout en lui disant que de cette salade tribale, je n'étais pas friand et que de la prostitution docimologique, j'étais le plus réfractaire. J'achevais mon évangile sacerdotal par un récital des vertus qui tuent les vers rongeurs du

---

[16] Unité de valeur (matière constituant une partie de l'examen à l'université).

beau fruit de l'école. La queue basse, elle s'en allait ce jour-là conter sa mésaventure à toute la communauté, croyant ainsi me mettre au banc des accusés des praticiens de « la brouette scolaire ». C'était évidemment mal connaître l'homme qui pour rien au monde ne pouvait prostituer sa dignité et sa personnalité.

Alors, le lecteur comprendra mon émotion en lisant cette sixième nouvelle du recueil de Julien Makaya *Ndzoundou* qui met en exergue Del Pierrot, ce prototype, cette incarnation de l'enseignant modèle, respectueux des valeurs morales et de l'éthique du sacerdoce de Jules Ferry ou de l'inspecteur d'académie André Davesne de l'école coloniale.

En renvoyant son étudiante telle une pestiférée, venue le tenter avec audace et effronterie, de modifier les notes catastrophiques obtenues lors des évaluations antérieures avec en contrepartie de le plonger dans des compromissions scabreuses, notre nouvelliste montre ainsi que malgré tout, sous les tristes tropiques, existe encore une race d'enseignants résistant à la vague déferlante des sauterelles qui s'abattent sur les champs de l'Éducation nationale.

Quand notre nouvelliste aborde enfin la question cruciale des violences à l'école avec le phénomène dramatique des gangs qui sévissent en milieu scolaire en prenant ici l'exemple du gang dit des Microbes d'une part et celui des moudjahidines d'autre part, il met le doigt dans une plaie qui saigne abondamment à l'école sous les tropiques, là où devraient s'enseigner plutôt les vertus existentielles. En passant, il dénonce la passivité des agents de l'ordre souvent pas assez réactifs dans le combat contre ce fléau qui met à mal le système éducatif en Afrique tropicale.

Au regard de ce qui précède, on peut alors comprendre cette récrimination virulente de l'écrivain Julien Makaya *Ndzoundou* dont le métier de Psychologue clinicien lui fait partager les couloirs de certaines facultés et certains instituts d'Afrique, avec de chauds lapins qui ne sont pas maîtres de leur pantalon, *Docteurs ès fesses* qui s'affaissent dans la fosse éhontée de l'immoralité, pour le plus grand malheur de l'Éducation nationale qui, au lieu de la servir passent plutôt leur temps à l'asservir.

Pierre Ntsemou

Écrivain et critique littéraire,

Inspecteur pédagogique à la retraite.

Table des matières

www.ingramcontent.com/pod-product-compliance
Lightning Source LLC
La Vergne TN
LVHW091725190726
843493LV00001B/449